たかが手にそっとキスされただけなのに、心臓が痛くなるほどの衝撃を受けた。鴻上は唇を離し、冬樹の手をじっと見つめてから、おもむろに人差し指を口に含んだ。

密《みつ》約《やく》のディール

英《あい》田《だ》サキ

ILLUSTRATION：円《えん》陣《じん》闇《やみ》丸《まる》

密約のディール

LYNX ROMANCE

CONTENTS

密約のディール

1

車の窓にぽつぽつと雨粒が落ちてくる。朝から曇っていたが、とうとう降ってきたようだ。瞬く間に視界が煙《けぶ》り、運転手がワイパーをハイにする。見頃《みごろ》を終えた桜の花も、この雨できれいに散ってしまうだろう。

「本格的に降りそうですね。社長、お帰りはどうなさいますか。迎えの車を寄越《よこ》しましょうか？」

隣に座った秘書の新田《にった》が、窓の外を見ながら尋ねてきた。

「タクシーで帰るから必要ない」

水城冬樹《みずしろふゆき》は膝《ひざ》の上に置いたタブレットＰＣに目を向けたまま、短く答えた。

雨が止《や》んでいれば電車で帰ってもいいと思ったが、口にはしなかった。新田は冬樹の電車移動を嫌がる。別に社長だからといって、いつもふんぞり返って社用車に乗らなければならないという道理はないはずだが、他人から認められるためにはそれ相応の振る舞いが必要だと、新田は繰り返して言う。

新田は冬樹より十歳年上の四十二歳で、三年前からアドバイザーとして冬樹のサポートに徹している。名目上は秘書だが、実際はビジネスマネージャーという立場にある社長室メンバーだ。口うるさい男だが助言はいつも的確だし、誰《だれ》よりも頼りになる。だから出向という形で新しい会社にも連れてきたのだ。

「さっきから熱心にご覧になっていますが、それは東栄電工《とうえいでんこう》の財務諸表ですか？」

眼鏡《めがね》のブリッジを軽く押し上げながら、新田は冬樹の手もとに目を向けてきた。シルバーフレームの眼鏡がよく似合う理知的な風貌《ふうぼう》は、常に冷ややかさを漂わせている。今ではもう慣れたが、出会った頃はなんて愛想のない男なんだろうと苦手意識を持ったものだ。

しかしこんな愛想のない男だが、妻子と一緒の時は別人のように優しい顔になる。その姿を知ってから、見た目ほどクールな男ではないとわかった。

「ああ。急な社長就任だったから、まだ会社の財務状況を把握しきれてない」

「東栄電工は安定企業です。経営状態に関しては、これから理解を深めていかれればいいと思います。まずは役員との距離を縮めるのが先決かと。外部招聘《しょうへい》された社長は、組織の中で孤立しますからね」

きっぱり断言しないでほしいと思ったが、新田の言うことは正しい。これからの苦労が想像できるだけに気が重かった。

東栄電工はフィルム加工製品を主力とする、東証一部上場企業だ。本社は港区芝浦にあり、工場や事業所は国内に六カ所ある。売上高は三百億円ほどの中堅会社だが、携帯電話やゲーム機などに使われるタッチパネル用部材の分野においては定評があり、国内のみならず海外との取り引きも多い。

設立は一九五二年。創業者は現会長、東健造《あずまけんぞう》の父である東久二郎《ひさじろう》で、始まりは包装用資材のポリエチレン袋を製造する小さな町工場だった。それを二代目社長の健造が、今の規模にまで発展させた。

まさか自分が東栄電工の社長になるとは思っていなかったが、病床にある母方の祖父、健造のたっての頼みだった。迷いに迷ったが健造の想《おも》いに応《こた》えたいという一心で、冬樹は社長の大役を引き受けることにした。

しかしあまりにも急すぎる人事で、準備も心構えも足りていないのが現実だ。冬樹はこの二月まで、父親の水城秀一《しゅういち》が社長を務めるミズシロ株式会社の子会社、ミズシロテクノロジーズの代表取締役社長だった。

大学卒業後、経営コンサルタント会社に入って経験を積んでいたが、二十八歳の時に秀一の意向でミズシロテクノロジーズの社長に抜擢《ばってき》された。冬樹は必死で頑張り、傾いていた業績を三年で立て直した。

大幅な赤字から黒字に転換させた手腕を認められ、この春からミズシロの最年少執行役員として迎えられる予定だったが、急遽《きゅうきょ》、東栄電工の社長に就任することになった。周囲は驚いたが冬樹自身にも強い戸惑いはある。だがやると決めた以上、複雑な気持ちは押し殺して努力するしかない。

「今日の同窓会はクラスだけの集まりですか？」

「いや、学年全体だ。俺《おれ》の高校は学年が四クラスしかなくて、全員合わせても百二十名ほどなんだ」

「社長の母校の鷺沢学園《さぎざわがくえん》は、お金持ちのご子息ばかりが集まる高校だそうですね」

確かに裕福な家庭の子供がほとんどだった。鷺沢学園は全寮制の男子校で、言うなればエリート養成校だ。授業料は一般的な私立高校の約三倍。さらに寮費や食費もかかるので、経済力のある親でなければ、到底入学させられない。

「まあな。でも全員が金持ちってわけじゃない。学費と寮費が全額免除になる特別給費生制度というのもあったし」

「成績優秀な生徒を囲うわけですね。ですが、そういう生徒は肩身が狭いんじゃありませんか？　いくら優秀でも、周りは桁《けた》違いのお金持ちばかりだ」

そんなことはないと言いたかったが、周囲に馴染《なじ》めない給費生は孤立したり、時には苛《いじ》めの対象になっていたりしたのも事実だ。

冬樹と同室だった鴻上《こうがみ》という生徒も孤立していた。スポーツもできて成績もずば抜けていたが、一部の生徒から執拗《しつよう》な嫌がらせを受けていた。それでも鴻上はどんな時も、毅然《きぜん》とした態度を崩さなかった。

――水城と同室になれてよかった。心の底からそう思ってる。

最後の夜の言葉を思い出し、追想に引きずり込まれそうになったが、慌てて気持ちを切り替えた。鴻上の存在はとっくの昔に葬り去ったはずだ。

「なんにせよ、ご学友にはこれからの日本経済を担っていく人材が、たくさんいらっしゃるわけですね。人脈づくりにはもってこいの学校だ」

どこか皮肉を感じさせる口調だった。新田は何かにつけて物事を冷めた視線で眺める。たまに嫌みな口調にカチンとくることもあるが、今の自分にとってなくてはならない有能な男だから、多少の不愉快は目を瞑《つむ》ることにしていた。

「お友達と旧交を温めるのは結構ですが、くれぐれも羽目を外さないように。先だってのように酔い潰《つぶ》れては困りますよ。私《わたし》はおりませんから」

冬樹はあまりアルコールに強くない。普段は深酒しないように気をつけているのだが、先日のミズシロテクノロジーズの送別会では飲み過ぎてしまい、新田に介抱される羽目になった。それ以来、チクチクと嫌みを言われっぱなしだ。

「言われなくてもわかってるよ」

ムスッとしながら答えると新田は薄く笑った。むくれる冬樹を見て楽しんでいる。まったく意地の悪い男だ。

道が混んでいたこともあり、同窓会の行われる六本木のホテルには少し遅れて到着した。シャンデリアがきらめくボールルームに入るなり、誰かに背中を叩《たた》かれた。

「冬樹、遅いぞ」

振り向くとダークグレイのスーツを着た男が、爽《さわ》やかな笑みを浮かべて立っていた。サッカー部主将だった倉持遼介《くらもちりょうすけ》だ。遼介とは在校時、一番仲がよかった。

「悪い。仕事で遅れた」

「日曜まで仕事か。お前、少し痩《や》せたんじゃないのか？」

心配そうに尋ねる遼介に、「気のせいだよ」と言ってやる。実際はここひと月で三キロ近く体重が落ちた。

「だったらいいんだけど。新社長に就任したばかりで大変だろうけど、今夜は仕事のことは忘れて楽しくやろう」

「ああ。そのつもりだ」

遼介とは卒業後もつき合いが続いていて、今でもたまに食事をしたり酒を飲んだりする仲だ。遼介の家は大手食品メーカー、エスジー食品の創業家で、次男の遼介もいずれは会社の経営に加わるはずだが、現在は商品企画部長として働いている。本人はできるだけ長く現場にいたいようだが、優秀な男だから周囲がそれを許さないだろう。

「松成《まつなり》たちが痺《しび》れを切らして待ってるぞ。お前、去年の集まりにも来られなかったからな」

喋《しゃべ》りながら会場内を進んでいくと、あちらこちらから名前を呼ばれた。立食のビュッフェスタイルなので、かつての同級生たちが気楽に声をかけてくる。

「冬樹は相変わらず人気者だな。高校時代もモテモテだったもんな」

「男子校でモテたって、なんの自慢にもならない」

遼介はニヤニヤ笑いながら、「そう言うなよ」と冬樹の腕を叩いた。

「結構、真剣な気持ちでお前に惚《ほ》れてる奴《やつ》らもいたはずだ」

「女がいなかったから、その代用品だろ。俺に告った連中、今頃は死ぬほど後悔してるさ」

高校時代の冬樹は細身ではあったが、決して華奢《きゃしゃ》ではなかった。身長も百七十五センチあったし、運動神経もよかった。間違っても女っぽいとかなよなよしているとか、そういった軟弱さはなかったはずだ。なのにどういうわけか男に好かれた。変な意味で。

手紙をもらったり、呼び出されて告白されたりということが、三年間で何度もあったのだ。ふざけんなと思いつつも、外面のよかった冬樹は申し訳なさそうな素振りで、同性から寄せられる好意を必死で遠ざけたものだ。

手近なところで刺激や楽しみを求める気持ちは、わからないではなかった。鷺沢学園は東京とは思えない山中に建っていて、寮は校舎と同じ敷地内にあった。生徒たちは三年間、ほとんど外界と接することなく、男だらけの侘《わ》びしい生活を送る。年頃の男子にとっては、味気ないことこの上ない環境だから、可愛《かわい》い顔をした生徒はうっかり間違ってモテてしまったりする。

冬樹は可愛いという風貌ではなかったが、冗談交じりによく美人だと評された。敵はつくらない主義だったので、そういう時は曖昧《あいまい》に微笑《ほほえ》んで聞き流していたが、実際は心の中で、男に向かって何が美人だ、気持ち悪いことばかり言いやがって、と毒を吐きまくっていた。そんな冬樹の本音を一番知っているのは遼介だった。

「そんなのわからないぞ。青春のほろ苦い思い出として、大事に心の中にしまっている奴らもいるはずだ」

やけに楽しそうな声だ。冬樹は遼介を横目でジロッとにらんだ。

「そういえばお前って、昔から男にモテる俺を見て面白《おもしろ》がってたよな」

「面白がってなんかない。友人として温かく見守っていただけだ」

「生温かく、の間違いだろう」

「冬樹！　来てたのかっ」

くだらない会話を断ち切ったのは、松成裕孝《ゆたか》だった。酔っているのか、うっすらと顔が赤い。

「松成、久しぶりだな。旅館のほうは繁盛してるか？」

「不景気だけどなんとか頑張ってるよ。冬樹もまた泊まりに来てくれよ」

松成とは二年ぶりだ。高校時代と同じような黒縁の眼鏡をかけ、ネクタイも苦しく見えるほどきっちりと締めている。優等生だった松成は性格も外見も真面目《まじめ》そのものだったが、今もその雰囲気は変わっていない。

東京の大学を卒業後、郷里の静岡に帰った松成は、実家が経営する高級老舗《しにせ》旅館で働いている。ひとり息子なので次期社長になる日は、そう遠くないだろう。

松成の他《ほか》にも仲がよかった碓井《うすい》、高岡《たかおか》、山村《やまむら》が揃《そろ》っていて、みんなと再会の乾杯をした。

「やっぱり冬樹がいないと盛り上がらないよ」

碓井がからかうように、肘《ひじ》で脇《わき》をぐいぐいとつついてきた。碓井は大手弁護士事務所に籍を置く弁護士だが、昔から陽気でふざけるのが大好きだ。

「どうせ俺のいない間に、ろくでもない噂話《うわさ》とかしてたんだろう？」

お返しとばかりに、碓井の出っ張ってきた腹に軽く拳《こぶし》をぶつけた。碓井が大袈裟《おおげさ》に顔を歪《ゆが》めて、「うおっ」と腹をへこませる。それを見てひょろっとした体型の高岡が、「そのメタボ腹、どうにかしろよ」と突っ込みを入れた。

高岡は都内の大学病院で働く内科医だ。親が開業医なので、いずれは彼も跡を継ぐだろう。

「俺より山村のほうがやばいだろ」

「俺のは筋肉だ。断じて脂肪じゃない」

がっしりした体格の山村が即座に言い返す。山村は国会議員だ。大学を卒業後、与党の政治家である父親の秘書をしていたが、去年、選挙に出馬して見事に初当選を果たした。

向こうのテーブルにいる田倉《たくら》の母親は有名な女優で、田倉と話している根岸《ねぎし》の父親は今も現役のプロゴルファーだ。その隣にいる江口《えぐち》の家は名門の資産家。親がすごいから子供もすごいというわけではないが、確かに人脈づくりという点から見れば、おおいに役立つ人材が揃っている。

「そうだ。経済新聞で記事を見たぞ。冬樹、東栄電工の社長になったんだってな。社内の生え抜きを押しのけて、その若さですごいじゃないか。ミズシロテクノロジーズを立て直して、今度は東栄電工ってわけか？　あそこはスマホ部品が好調らしいしな」

山村がにこやかに話しかけてきた。それはいいのだが、やけにすごいすごいと持ち上げてくるので、首を捻《ひね》りたくなった。

冬樹は総合電子部品の大手企業、ミズシロの社長子息だ。三十二歳の若さで立て続けに違う会社を任されるのは異例かもしれないが、世間は冬樹がいずれミズシロの社長になると見なしている。そんな冬樹が東栄電工クラスの社長になったところで、それほどすごいという評価には繋《つな》がらないはずだ。

つまり山村の言葉はおべっかにほかならない。

山村の話は徐々に、政治活動には金がかかるという流れになっていき、最後は白々しく思い出したように「ああ、そうだ」と切り出してきた。

「もうすぐ活動報告を兼ねた俺の応援パーティーがあるんだ。よかったら冬樹も来てくれないか」

そういうことか、と納得した。要するに政治資金パーティーの応援を頼みたかったのだ。秘書時代よりやけに愛想がよくなったと思ったが、それだけ資金集めに苦労しているのだろう。

特定の支持政党はないし、友人を応援したいという気持ちから、パーティー券を五枚購入すると約束した。一枚二万円だから十万円の出費だ。会社の経費にしても差し支えないが、ここはポケットマネーで払おうと思った。

山村は礼を言って、別のグループのところに行ってしまった。向こうでもパーティー券購入を頼むつもりらしい。政治家も大変だな、と感心とも同情ともつかない気分になる。

「パー券、遼介も買ったのか？」

「ああ。俺は二枚だけな。しがないサラリーマンだから、二枚で勘弁してくれって言ってやった」

親が社長とはいえ、立場的には普通の会社員だ。三十二歳の会社員にとって、つき合いでの四万円は大きい。

「俺はきっぱり断ったよ。うちは別の政党を支持してるし、どうせパーティーには参加できないだろうしな」

松成が棘《とげ》のある口調で言った。冬樹だって実際には行かない。資金集めのパーティーだから、パーティー券を買うことで義理は果たせたはずだ。あとは会社の若手社員に「ただメシでも食べてこい」とチケットを押しつけるつもりだった。

旧友が政治家としてこれから頑張っていこうとしているのだ。少しくらい応援してやればいいのに、松成も冷たいところがある。高級旅館の若旦那《だんな》なのだから、けちくさいことを言わずに何枚か買ってやればいいものを。

「政治家のパーティーなんて、行ったところで食うものもろくにないしな。あんなのは事実上の献金じゃないか。馬鹿馬鹿《ばかばか》しい」

碓井が冷ややかに笑う。高校時代の碓井は山村と一番仲がよかったはずだが、どこか小馬鹿にしたような態度だった。高岡も一緒になって「あいつ、当選してから必死だよな」と呆《あき》れたように笑っている。

「前からだよ。選挙の時もしつこく頼んできて、うんざりした」

碓井と高岡の会話は笑い話というより、次第に陰口になってきた。嫌な空気だ。冬樹は飲み物を取ってくると告げ、その場を離れた。


ドリンクコーナーでワインの入ったグラスを手に取ったものの、なんとなく碓井たちのところに戻る気がせず、冬樹はひとけのない壁際に立ってワインを飲み始めた。

男子校の同窓会だが、恋人や妻を同伴している者もいる。中には子供連れもいて、なごやかな歓談の声が辺りに満ちていた。

結婚か、とぼんやり考える。恋人もいない冬樹には遠い話だ。そもそも恋人をつくりたいと思わないので、そういう自分に困っている。

大学時代や会社員時代に何人か恋人らしき相手はいたが、誰とも長続きしなかった。原因はいつも冬樹にあった。人間的に欠陥があるのかもしれないと感じるほど、恋愛感情というものが湧《わ》いてこないのだ。

だからデートも億劫《おっくう》になるし、会っても早くひとりになりたいと思う。そんな気持ちで交際しても相手を傷つけるだけだと実感してからは、好意を寄せられても恋人がいると嘘《うそ》をつくようにしていた。

それが一番手っ取り早い女性の回避法だ。

家族は欲しいと思う。複雑な環境で育ち、肉親の愛情に恵まれてこなかった冬樹にとって、温かい家庭は憧《あこが》れだ。いつか自分だけの家庭を持ちたい願う気持ちは、人一倍強い。

なのに恋愛ができない。心が凍《い》てついているかのように、誰にも惹《ひ》かれない。こんな調子ではいつまでたっても独身だろう。結婚なんて夢のまた夢だ。

——社長は理想が高すぎるのでしょう。

いつだったか新田にそう言われたことがある。例のあの嫌みな言い方で。新田は冬樹が変な女に引っかかるのを心配している節があるので、早く結婚したほうがいいと思っているようだ。

別に理想なんてないいんだけどな、と思いながら、なんとなく周囲に視線を巡らせた時だった。少し離れた場所に、背の高い男が立っていた。背中を向けているので顔はわからない。だが後ろ姿だけでも、何かハッとするような雰囲気を発していた。オーラとでも言うのだろうか。

身長は軽く百八十センチ以上ある。堂々とした体軀《たいく》だ。広い肩幅に引き締まった背中。長い足。後ろ姿にどことなく見覚えがあるような気がした。

誰だろうと考えて三秒もしないうちに、心臓が止まりそうになった。

——まさか。

その時、冬樹の視線に気づいたかのように、男が突然こちらを振り返った。

真正面から目が合う。全身が凍りついた。

モデルのように整った男らしい風貌だった。すっきりと高い鼻梁《びりょう》は、男っぽさと繊細さの両方を兼ね備えている。形のいい唇に、まっすぐだが濃すぎない眉《まゆ》。二重のくっきりした目。

あの男だ。間違いない。

けれど、そう確信しているのに自信が持てない。面影は色濃く残っているのになぜだろう。十四年の月日のせいなのか。

男は微動だにせず冬樹を見つめている。なんの感情も伺えない完璧《かんぺき》なポーカーフェイスだ。

相手が動いた。ゆっくりとした足取りで近づいてくる。冬樹の心臓は早打ちし、緊張のせいで手が冷たくなってきた。

「水城、久しぶりだな。変わってないからひと目でわかった」

鴻上拓真《たくま》は冬樹の目の前で立ち止まり、自分から挨拶《あいさつ》した。冬樹を見据える瞳《ひとみ》は鋭い。射貫くような強い視線に耐えきれなくなり、咄嗟《とっさ》に目をそらしてしまった。

「卒業式以来か。……いや、違うな。お前は卒業式を欠席したから、あの日以来だな」

ソフトな喋り方だが、突き放すような冷たさを感じる。こんな声だっただろうか。記憶に残る鴻上の声はぶっきらぼうだが、木訥《ぼくとつ》な人柄を感じさせる温かさがあった。

「鴻上！　来てくれたのかっ」

弾んだ声で鴻上の名前を呼んだのは遼介だった。嬉《うれ》しそうな顔で駆け寄ってくる。

「行けるかどうかわからないって言ってたから、てっきり来ないと思ってた」

「せっかく連絡してくれた倉持に悪いと思ってな。けど、このあとも予定があって、あまり長くはいられないんだ」

さっきまでの冷たい眼差《まなざ》しが嘘のように、鴻上は人当たりのいい微笑を浮かべている。

「そうか。残念だけど、久しぶりに顔が見れただけでも嬉しいよ。だって卒業して以来だもんな。鴻上はどうしてるんだろうって、冬樹ともよく話してたんだぜ。なあ？」

違う。鴻上のことを話すのは遼介だけで、冬樹は相槌《あいづち》を打つ程度だった。心の中ではいつだって、あいつの名前なんて聞きたくないと思っていた。

「……悪い。トイレに行ってくるよ」

逃げるようにその場を離れた。用を足したいわけではなかったが、気持ちを落ち着けるためにトイレに向かった。

意味もなく手を洗い、鏡の中に映る自分の顔を見つめる。いつもより顔色が白い気がする。

まさか鴻上が来るとは思わなかった。高校を卒業後、鴻上は京都の大学に進学した。その後はいつの間にか転居してしまい、遼介も途中からはいっさい連絡が取れなくなったそうだ。

風の噂で大学を出たあと、アメリカに渡ったという話を聞いたが、それも事実なのか定かではなく、鴻上の行方は誰も知らないままだった。その安心感から冬樹は都合のつく限り、同窓会には出席するようにしていたのだ。

鴻上が現れると知っていたら絶対に来なかった。二度と顔も見たくない相手だ。なぜ今頃になって、のこのこと同窓会にやって来たのだろう。冬樹に会う可能性があるのはわかっているはずなのに。十四年もたったから、もう自分の罪は許されたと思っているのだろうか。

ペーパータオルで手を拭《ふ》き、冬樹は深く息を吐《つ》いた。

動揺が収まってきたら、だんだんと腹が立っていた。悪いのは向こうなのに、なぜ自分が逃げ出さなきゃいけないんだ。視線をそらすべきなのは、あいつのほうじゃないか。こんなの間違ってる。

冬樹は覚悟を決めて廊下に出た。毅然としていればいいんだ。そう自分に言い聞かせて廊下を進んでいくと、図ったかのように向こうから鴻上が歩いてきた。

ひとけのない廊下で距離が縮まっていく。鴻上が足を止めたが、冬樹は素知らぬ顔ですれ違った。こちらから声をかける気はいっさいなかった。

「水城」

無視して行きすぎようとしたら、「おい」と後ろから腕を摑《つか》まれた。いきなり触れられてカッとなり、乱暴に鴻上の手を振り払った。

「俺に触るなっ」

真正面からにらみつけると、鴻上は嫌な薄笑いを浮かべた。

「嚙《か》みつくなよ。俺はただお前と話がしたいだけだ」

「何を話し合うっていうんだ？　俺には話すことなんてまったくない」

冬樹の尖《とが》った態度が気に入らなかったのか、鴻上の眉尻《まゆじり》がピクッと跳ね上がる。

「本気で言ってるのか？　十四年ぶりに再会した俺に、お前は本当に何も言うことはないのか？」

語気を強める鴻上の迫力に押されそうになったが、冬樹は気持ちを奮い立たせて「ないね」と言い返した。

「俺からお前に言うべき言葉なんて、何ひとつない」

話すことがあるとすれば、それは鴻上のほうだ。

悪かったと、まず謝ってほしい。許せるかどうかはわからないが、謝罪の言葉を聞かないうちは、普通に会話なんてできるはずもない。

至近距離でのにらみ合いが続いた。今度は鴻上のほうが目をそらした。足もとに視線を落とし、唇を歪ませてフッとシニカルに笑う姿はどこか投げやりで、言葉にしがたい荒《すさ》んだ気配が漂っていた。

鴻上は変わった。肩幅が広くなり、胸板は厚くなり、声も低くなったが、そんな外見の変化以上に、内面も大きく変わった。そのことをはっきりと感じる。

「お前は変わらないな。相変わらず無駄にプライドが高い。いまだに女王さまってわけか」

馬鹿にしたような口調に頰《ほお》が強《こわ》ばった。

「女王さまってなんだよ。どういう意味だ」

「言葉どおりだよ。昔からお前の周りにいるのは、従順な家来ばかりだ。お前がにっこり笑えば、馬鹿どもはうっとりしていたじゃないか。ご機嫌取りに囲まれて、お前はいつも満足そうだった。今でも同じことをしてるんだろ？　お前はみんなにちやほやされたくてしょうがない、鼻持ちならない女

王さまだ。あの時だってそうだ。最後の夜、俺に抱かれて喜んだくせに――」

勝手に身体《からだ》が動いていた。振り上げた手で鴻上の頬を打ち下ろした。鋭い音が短く響く。

「再会するなり人の侮辱か。お前こそいったい何様なんだ」

自分のしたことを棚に置いて、よくそんなひどい言葉を口にできる。こんなにも性格の悪い男だと思わなかった。いや、単に気づけなかっただけかもしれない。まともな人間はあんな卑劣な真似《まね》はしない。あれこそが鴻上の本性だったのだ。

「俺か？　今の俺は王さまだ。昔の俺とは違う。その気になれば女王を屈服させて、惨めに跪《ひざまず》かせることもできる」

「なんのことかわからないが、もし俺を屈服させると言ってるなら、馬鹿馬鹿しいにもほどがある。俺は何があっても、お前の前に跪いたりしない」

鴻上はぶたれた頬に自分の人差し指を滑らせた。何かを嚙みしめるかのように小さく頷《うなず》いている。その姿を見てわかった。既視感を味わっているのは、冬樹だけはないのだろう。

十四年前と同じだ。あの時も冬樹は鴻上の頬を張った。鴻上は――。

鴻上はどんな表情を浮かべていただろう？　激昂《げっこう》していたせいか思い出せない。

「水城。決めたよ」

鴻上は不敵な笑みを浮かべ、冬樹を強く見据えた。

「絶対にお前を俺の足もとに跪かせてやる」

冬樹が口を開くより早く、鴻上は踵《きびす》を返して立ち去っていった。大股《おおまた》で遠ざかっていく広い背中を見送りながら、冬樹は憤った。

なんなんだ、あの野郎。暴言を吐いて人を侮辱して、最後は妙な宣言なんかしやがって。

「……冬樹」

後ろから話しかけてきたのは松成だった。眼鏡の奥の目は険しくなっている。

「一緒にいたのは鴻上だよな？　あいつに何を言われたんだ？」

「なんでもない。雑談してただけだ」

「雑談？　嘘だろう？　昔、あんなことがあったのに、そんな呑気《のんき》な――」

「悪い。気分が悪くなったからもう帰るよ。すまないな」

何か言いたげな松成を置き去りにして、冬樹はその場を離れた。

十四年ぶりの再会は最悪の形に終わった。ムカムカして腹の虫が治まらない。とてもではないが、こんな精神状態で楽しく歓談なんて無理だ。冬樹は背広のポケットからスマートフォンを取り出し、遼介に電話をかけた。

急に気分が悪くなったから帰ると伝えると、遼介は「大丈夫なのか？」と驚いた。

「どこにいるんだ？　送っていこうか？」

「タクシーで帰るから平気だ。悪いな。また日を改めて飲み直そう。みんなにはよろしく伝えておいてくれ。……ところで、鴻上を呼んだのはお前だろ？　どうやって連絡をつけたんだ」

「それがさ、本当に偶然なんだよ。経済誌が運営しているビジネスニュースサイトを見ていたら、鴻上のインタビュー記事が載っていたんだ。やり手のビジネスパーソンとして紹介されてた。その記事のおかげで、あいつが今、バーンズ・キャピタル・マネージメントの日本支社にいるってわかった。それですぐ会社に連絡して、同窓会に来いよって誘ったんだ」

バーンズ・キャピタル・マネージメント——。ＢＣＭといえば、アメリカの大手投資ファンドだ。高校時代は研究者の道に進みたいと話していた鴻上が、金融の世界で働いているのは意外だった。

遼介は記事が載ったページのＵＲＬを、メールで送ってやるよと言って電話を切った。

タクシーに乗り込んでからも鴻上のことばかり考えてしまい、そんな自分にうんざりした。あんな最低な男のことは思い出したくもないのに、別れ際の言葉が呪詛《じゅそ》のように頭の中で渦巻いていた。

——絶対にお前を俺の足もとに跪かせてやる。

いかにも金融の世界で生きている男の台詞《せりふ》だと思った。大金を動かしているうちに、自分まで大物になったつもりでいるのかもしれない。

高校の頃はあんなふうに、人を見下すような物言いをする男ではなかった。クールに見える性格は不器用の裏返しで、冬樹は鴻上のそういうところを気に入っていたのだ。

雨に滲《にじ》む街の明かりを眺めながら、心は自然と過去をさまよいだす。

あの頃、鴻上と友人になれて嬉しかった。自分の内側で膨れあがっていく初めての感情に戸惑いつつも、鴻上と過ごす時間は冬樹にとって、かけがえのない大切なものだった。

けれど友情は呆気《あっけ》なく壊れた。自分は鴻上に裏切られた。あんな形でふたりの関係を破棄されるとは思いもしなかった。

身体に受けた痛みより、心に受けた痛みのほうがはるかに強い。もう癒《い》えたつもりでいたが、鴻上の顔を見た途端、胸の奥がじくじくと痛みだした。必死で忘れようとしてきた十四年という月日を、鴻上に一蹴《いっしゅう》された気がする。

——どうして今頃になって、俺の前に現れたんだ。

冬樹は目を閉じ、膝の上に置いた拳を強く握り締めた。

2

鴻上拓真のことは以前から知っていた。

一年、二年とクラスは違ったが、彼は目立つ生徒だったからだ。成績は学年トップで運動神経も抜群。背は高く、顔も男らしくすっきりと整っている。渋谷や原宿あたりを歩けば、すぐにでも芸能事務所からスカウトされそうな容姿をしていた。

しかし一部の生徒は鴻上に辛《つら》く当たった。給費生だったこともあるが、それだけではなく、鴻上は施設育ちだったのだ。詳しくは知らないが、幼い頃、親に捨てられたらしい。

お金持ちで成績も優秀な生徒ばかりが集まる学校だ。皆それぞれに自信とプライドを持っているから、それが悪い方向に働けば苛めが起きる。

勉強でも運動でも敵《かな》わない相手だから、生い立ちで馬鹿にする。表立ってではなくこそこそと陰口を叩き、子供じみた嫌がらせをする。もちろん一部の生徒の話だが、苛めていたのが目立つグループだったので、他の生徒もできるだけ鴻上にかかわらないようにしていた。

正義感の強い遼介や気のいい運動部の連中は、そういった陰湿な雰囲気を嫌い、普通に接していたようだが、鴻上のほうも無口で人づき合いが苦手な性格だったせいか、親しい友人はいないように見えた。

三年に進級した冬樹はそんな鴻上と同じクラスになり、さらに寮で同室になった。寮は二人部屋で、最初は厄介な相手と同室になったと困惑した。当時の冬樹は他人と揉《も》め事を起こすことは徹底的に避ける、いわゆる事なかれ主義だった。

そういう態度がクールに見えたのか、鷺沢のクールビューティーなどという変なあだ名をつけられたりもしたが、面と向かって言われない限りは気にしないようにした。何を言われてもうっすら微笑んでいれば、角が立たない。とにかく卒業まで穏便に過ごしたかった。

だから鴻上とも積極的にコミュニケーションを取らなかった。鴻上も自分から冬樹に話しかけてくることはほとんどなく、その態度はびっくりするほど素っ気なかった。

だが同じ部屋にいるのにまったく喋らないのも気詰まりすぎて、次第に冬樹のほうから話をするようになった。声をかければ鴻上は答える。言葉数は少ないが、鴻上の話すことは興味深かった。理路整然とした物言いや豊富な知識には驚かされた。多分、彼は精神的にずっと大人だったのだろう。

くだらない連中を相手にせず、何事にも動じない強い心や、自分というものをしっかりと持っている内面を知るにつけ、次第に尊敬の念を抱くようになった。だから部屋では会話も増えていき、自然と友人になれた。

ただ部屋の外ではほとんど話さなかった。そんな自分をずるいと思ったが、鴻上は「ひとりはまったく苦にならない性格だ」と言い、食堂や教室で自分から冬樹に話しかけてくることはなかった。

今にして思えば、随分と自分勝手なつき合い方をしたと思う。けれど冬樹にも事情はあった。あの頃の冬樹には、学校だけが唯一の居場所だったのだ。少々不自由でも、学校は一番心が安まる場所だった。だから平穏な生活をどうしても守りたかった。

周囲は冬樹をミズシロの御曹司で、何不自由なく育てられたお坊ちゃんだと思っていたが、実際は違っていた。冬樹は父、水城秀一が愛人に産ませた子供だった。冬樹が生まれてすぐにふたりは別れたので、冬樹自身は父親の存在を知らずに育った。

母親の佐和子《さわこ》はスナックの雇われママで、生活はいつも困窮していた。美人だったが精神的に不安定なところがあり、虐待に近いことは日常的にあった。

八歳の時に佐和子が亡くなり、突然、秀一に引き取られることになって驚いた。最初は父親がいたことを知って嬉しかったが、秀一の態度はよそよそしかった。父親らしい言葉もなく、いっさいの親しみを感じなかった。

秀一は水城家の入り婿だった。当時健在だったミズシロの会長、水城勝茂《かつしげ》に気に入られ、ひとり娘の良子《りょうこ》と結婚して、社長の座を手に入れた男だ。良子は愛人の子供を引き取ることには当然猛反対で、冷ややかな態度を崩さなかった。だが勝茂に押し切られて、嫌々、冬樹を水城家に迎えた。

秀一と良子は長年子供に恵まれず、勝茂は後継者の不在を恐れて、冬樹を引き取るよう娘夫婦に命じたらしい。良子はプライドの高い女性だったから、夫が浮気してできた子供を引き取らなければならないことは、屈辱以外の何物でもなかったのだろう。いつも冬樹に意地悪く当たった。

必要なものは買い与えてくれたが、愛情や優しさは欠片《かけら》ももらえなかった。寂しさやいたたまれなさに必死で耐えていたが、冬樹が小学校六年生になった頃、皮肉なことに良子が妊娠した。

生まれたのは男の子だった。赤ん坊は透《とおる》と名付けられ、両親に溺愛《できあい》された。良子はますます冬樹を疎んじるようになった。毎日が針のむしろに座るような生活だった。

完全に用なしになった冬樹は居場所を失い、秀一の勧めもあって全寮制の鷺沢学園に進学したのだ。正直、ほっとした。これでもう良子の心ない言葉に傷つけられることもないし、妻の顔色を窺《うかが》ってばかりいる父親に失望させられることもない。周囲から可愛がられている透への嫉妬《しっと》や、惨めな疎外感からも解放される。

三年間をここで過ごしたら大学に入り、ひとり暮らしをする。あの家には二度と戻らない。そう強く決めていた。

そんな経緯もあって、静かな高校生活をどうしても守りたかった。


「顔色が冴《さ》えないですね。昨夜は飲みすぎたんですか？」

埼玉事業所を視察した帰りの車中で、新田が軽く眉をひそめながら尋ねてきた。

「二日酔いじゃない。昨日はほとんど飲んでないからな」

「では体調が悪いんでしょうか」

「大丈夫だ。ちょっと憂鬱《ゆううつ》なことがあって、落ち込んでるだけだから」

鋭い新田には隠し事をできないので、さらっと本音を吐露した。

「憂鬱なこと、ですか。片思いしていた同級生が結婚していたとか？」

「……男子校だぞ」

「わかってますよ。冗談です」

真面目くさった顔で冗談を言われても困る。それに内容もまるで笑えない。

「私でよろしければなんでも伺いますが、どうされますか？」

十秒ほど考えて、「言いたくない」と答えた。これまで新田にはなんでも相談してきたが、さすがに鴻上のことは言えない。というより、絶対に誰にも言いたくない。

「そうですか。では詮索《せんさく》はしません。しませんが、会社に戻ったらその陰気な顔はやめてください。自信に満ちあふれた態度で颯爽《さっそう》と歩いてください」

「わかってるよ」

「役員たちは前社長の引き起こした不祥事を、若くてハンサムなやり手社長の誕生、という華々しいイメージでもって払拭《ふっしょく》したがっていますが、実際のところ、役員の大半は外様社長のあなたが目障りでしょうがないはずです。隙《すき》を見せてはいけません」

少しでも気を緩ませると釘《くぎ》を刺してくる。新田の手綱の握り方は絶妙だ。

東栄電工の前社長は田坂《たさか》という男で、会長である東健造の子飼いだった。会社の運営方針を実際に決めているのは健造で、田坂は健造の意思決定を経営に反映させるだけの、毒にも薬にもならないような大人しい社長だったようだ。

ところが去年の十二月に愛人の女子大生に暴力を振るい、暴行罪で起訴されるという事件を起こした。会社にとっては由々しきスキャンダルだ。すぐに取締役会で社長解任が決定した。

悪いことは立て続けに起きるもので、次の社長を選定中に、今度は会長の健造が体調不良を訴えて入院した。検査の結果、末期ガンで全身に転移しており、余命半年の宣告を受けた。

スキャンダルと同時に、会社の大黒柱を失うという事態に見舞われ、経営陣は頭を痛めた。社内にはこれといった人材が見当たらない。いっそ有能な人材を外部招聘してはどうかという意見まで上がった。昨今はそういった企業も増えている。

健造は外部から社長を招くのなら、水城冬樹を後継者に指名すると言いだし、役員にだけは冬樹が自分の孫であることを明かしたのだ。

冬樹の母、佐和子は健造の娘だ。佐和子が高校生の頃、健造は妻と離婚し、それきり妻子とは縁が切れていた。だから娘が水城秀一の愛人になったことも、その子供を産んでいたこともずっと知らずにいた。秀一のほうも佐和子の父親が東健造だとは、まったく知らなかったらしい。

佐和子が亡くなり、秀一が冬樹を引き取ると決めた際、あらためて佐和子の身元を調査したことで事実が明るみになった。連絡を受けた健造は、当初、自分の娘が不倫の果てに子供を産んでいた事実にショックを受け、冬樹に対しても冷淡だった。

だが時間の経過と共に、次第に冬樹のことを気にかけてくれるようになった。たまにしか会えなかったが、冬樹を唯一認めてくれたのは健造だ。

東栄電工の役員たちはさぞかし驚いただろう。ミズシロの御曹司が東健造の孫という事実は、世間ではまったく知られていない事実だ。

社長には若すぎるという反対意見も強かったが、冬樹は水城家の長男であり、さらにはミズシロテクノロジーズを立て直したという実績がある。加えて健造の孫という事実に、役員たちも最終的には冬樹を社長として迎え入れる決定を下したのだ。

健造は現在、都内の病院に入院している。時間の許す限り見舞いに行っているが、日に日に衰弱してきているのがわかる。

今はただ、健造には少しでも長く生きていてほしいと願うばかりだった。

「――新田。東栄電工は手元流動性の高い資産を多く保有してる。早急な対策が必要だと思うんだが、お前はどう考える？」

　書類を持ってきた新田は、社長室のデスクに座った冬樹を見下ろしながら、「藪《やぶ》から棒になんですか」と眉をひそめた。

「約二百億円の資産のうち、現預金や有価証券が半分以上もあるんだ。寝かせておかないで設備投資に回すべきだろう」

「仰《おっしゃ》ることはもっともですが、今は群馬に新工場を建設中です。当面はこれ以上の業務拡張は控えるべきでしょう。それに自己資本が厚いほど、財務の健全性は高まります」

「しかし利益剰余金を溜《た》めすぎだと思わないか。東栄電工の株価純資産倍率は一を下回っている。しかも長期間にわたってだ。加えて安定株主の持ち株比率がそれほど高くない」

「……もしかして、買収を心配されているんですか？」

　新田の表情が険しくなった。冬樹は頷き、開いていた資料のファイルをデスクの上に投げ出した。見れば見れるほど不安になってくる内容だ。

「東栄電工はあらゆる面から見て、『お買い得』な会社だ。特殊な技術を有していて、国内外に高いシェアを誇っている。財務面も健全だ。欲しがる会社は多いだろう」

　考えすぎだと言われるかと思ったが、新田は「確かに可能性はありますね」と頷いた。

「株主の実態調査を調査会社に依頼しておきます。名簿だけではわからない部分もありますし」

「頼む。うちは買収防衛策を導入していない。次の株主総会で議案に入れられないだろうか」

「買収防衛策は株主利益の観点から見て、難しい面があります。最近は買収防衛策を廃止する企業も増えてきていますし、少し前にも大手ゲーム会社の有天堂《ゆうてんどう》が、株主総会で買収防衛策導入を否決されましたよね。慎重な検討が必要です」

まずは役員の意見を調整する必要があるが、買収防衛策は経営陣の保身のためであってはならない。上場している会社は理論上、いや実質的に株主のものなのだ。

「それにしても就任早々、買収の心配ですか。何か予兆でもありましたか？」

「いや、別にない。ただ世界的に見てＭ＆Ａ（合併・買収）における敵対的買収の占める割合が、過去十四年で最大になっている。いつ何時そういった事態が起きるともわからないだろう」

新田には言えなかったが、鴻上との再会も憂慮のきっかけになった。外資の投資ファンドはひと頃ほど派手な買収劇を繰り広げていないが、最近の株価上昇などの影響もあり、今年は日本企業の買収が活性化している。いつ標的にされるかわからないという危機感は常に必要だ。

「賢明なご判断です。ただ頭の凝り固まった役員たちに、どこまで通じるでしょうか」

「説得していくしかないだろうな」

買収の対策を講じるのが先決だと冬樹は判断したのだが、新田の懸念したとおりになってしまった。取締役会では反対を唱える役員も多く、スムースな話し合いにならなかった。彼らは経営陣の保身のための導入と思われることを恐れていた。

というのも前回の株主総会で、会長のイエスマンばかりで経営陣を固めてきた古い体質を批判され、株主重視策を要求する声が強く上がったせいだ。買収防衛策を導入しようとすれば、さらなる批判が起きる可能性は高い。

冬樹は株主に対しては買収防衛策の必要性をしっかりと説き、経営陣から独立した委員会を設置して、防衛措置の発動に際してはその委員会の判断を仰ぐものとし、経営陣の恣意《しい》的運用だと解釈されない体制をつくると訴えた。

だが取締役の中でも一番力のある専務の柳川《やながわ》という男が、買収防衛策を事前に導入しなくとも、有事において買収防衛策を発動することは可能だと強く反対したこともあり、次の株主総会での議案に含めることはできなくなった。

「前途多難だな」

「焦ることはありません。じっくり取り組んでいきましょう」

会議が終わってからぼやくと、新田に珍しく慰められた
「社外取締役の江藤《えとう》氏は中立のご様子でしたから、まずは江藤氏を味方につけましょう。外部役員が必要性を訴えれば、また違った説得力もあります。あとはやはり柳川専務ですか」

「ああ。あの人を説得できないうちは難しい」

「会長にお願いするのはどうでしょうか」

その提案には頷けなかった。病床にある祖父の力を借りて物事を進めるのは、あまりにも不甲斐《ふがい》ない。それに健造が買収防衛策導入に賛成してくれるかどうかもわからない。

「気は進まないでしょうが、会長が社長の考えに賛同してくだされば大きな推進力になります」

「考えておく」

冬樹の返事に新田は不満顔だったが、反論はせずに退室した。どうあっても自分ひとりで柳川を説得したかった。柳川に認められなければ、社長としてやっていけない。

ミズシロテクノロジーズでも最初は孤立無援だった。親会社の社長子息とはいえ、社長に就任した当時、冬樹はまだ二十八歳という若さで、誰にも期待などされていなかった。どうにか結果を出して認められるようになったが、時間はかかった。今回はもっと時間がかかるだろう。新田の言うように焦らずやっていくしかない。

しかし、そう思った三日後、事態は急変した。


「社長、この手紙をお読みになってください。社長宛《あて》に速達で届いたものです」

険しい表情で社長室に入ってきた新田を見て、何事かと思った。差し出された封筒を受け取ると、差出人はバーンズ・キャピタル・マネージメントとなっていた。鴻上の会社だ。

嫌な予感を覚えながら手紙に目を走らせる。簡単に要約すると、BCMは東栄電工の事業に強い関心を寄せており、貴社の株式を四・八パーセント保有している、さらなる事業拡大のために経営面でのサポートを考えている、ついては直接会って話し合いがしたいという内容だった。

「これは……どういう意味だ？　まさか買収提案か？」

「当社の株を保有している以上、その可能性は高いでしょうね。慎重に対応しなくてはなりません。経営企画担当の川内《かわうち》執行役を呼びましょう」

社内にいた川内は、すぐ社長室にやって来た。

「ＢＣＭが当社の株を四・八パーセント保有しているそうですが、把握されてました？」

川内は強ばった顔つきで、「いえ。初耳です」と首を振った。

「三月末で株主名簿を閉めたところで、代行会社のほうから最新の名簿がまだ上がってきておりません。至急、確認いたします」

ＢＣＭが指定してきた面談日は三日後だった。急すぎるが真意を探るためにも会うしかない。

「川内さん、会談に同席させる弁護士とファイナンシャル・アドバイザーの選定を頼みます。時間がありませんのでコンフリクト・チェックが済み次第、すぐに契約してください」

「わかりました。ただちに選定に入ります」

その日のうちに弁護士とファイナンシャル・アドバイザーが決定した。基本方針の打ち合わせをして体制を整え、東栄電工本社の社長室でＢＣＭ側の担当者と会うことになった。

三日後の金曜日の午前十一時、相手方がやって来た。

「水城社長、本日はお時間をいただきありがとうございます。バーンズ・キャピタル・マネージメント日本法人代表の鴻上です。こちらは部下の石倉《いしくら》と申します」

社長室に現れ、何食わぬ顔で冬樹に挨拶をした男は鴻上だった。薄々予想はしていたから、驚きはしなかった。

ＢＣＭの目的はやはり買収だった。鴻上は東栄電工の経営状況や財務の問題点を指摘し、経営陣を入れ替えることで経営のあり方を抜本的に見直し、資本効率を上げてより企業価値を高めていく、それが株主の利益にも繋がると、落ち着き払った態度で説明した。

「鴻上社長、それはきれいごとではありませんか。御社のような投資ファンドの目的は、企業を安く買って高く売ることでしょう」

弁護士の飯野《いいの》という男が口を開いた。飯野はＭ＆Ａの分野に詳しい弁護士だ。

「我々は株式を買い集め、高値で買い取りを要求するグリーンメーラーではありません。ここにご用意した事業計画案をご覧になっていただければ、ご理解いただけるかと思います」

鴻上の部下が冬樹を始め、同席していた全員にファイルを配った。ざっと見ただけでも念入りに錬られた事業計画であることは、誰の目にも明らかだ。よくできている。

「我々は企業の経営に深くかかわることで、企業価値を高めていくことを目的としています」

「しかし結局は、そのあとで他企業に売却するんでしょう」

冬樹が尋ねると、鴻上は開き直ったように冷ややかな笑みを浮かべた。

「そうですが、いけませんか？　会社は株主のものであって経営者のものではない。会社の価値を高めるためには、無能な経営陣には去ってもらわなければなりません。東栄電工の現在の株価は約千円ですが、本当なら千五百円以上の価値はあるはずです。この低い株価は会社解散価値を大幅に下回る金額でしょう？　なのに何もせず放置してきた経営陣を、我々ＢＣＭは御社の株主として強く批判します」

反論できなかった。株価の低さは冬樹自身が問題に感じていたことだ。会社側から見れば安定した業績でも、株主の側に立てば株価の低い東栄電工は決していい企業とは言えない。内部留保で溜め込んだ資金も、株主に利益としてもっと還元すべきだ。

「お返事は一週間待ちます。我々は友好的なＭ＆Ａを望んでいますが、こちらの望む答えがいただけない場合は、目的達成のための直接的行動に出る可能性もお伝えしておきます。では、本日はこれにて失礼させていただきます」

鴻上たちが退席したあと、冬樹は深く息を吐いた。

「買収に応じなければ、ＴＯＢをしかけてくる気か」

ＴＯＢ（テイク・オーバー・ビッド）とは株式公開買付のことだ。目的の銘柄の株式を取得するために新聞などで買付内容を公開宣言して、証券取引所を仲介しないで不特定多数の株主から株を買いつける。高い株価で買うと言われれば、多くの株主はなびく。その結果、ＢＣＭに株式の過半数を買われたら、経営権が完全に奪われてしまう。

「社長。フェア・バリューの算定や、対応策の検討を行いましょう」

ファイナンシャル・アドバイザーとして契約した、フタミ証券の矢沢《やざわ》という男が口を開いた。

「お願いします。新田、できるだけ早く臨時取締役会を開きたい」

「承知いたしました。すぐに手配をいたします」

「それから午後に入っていた群馬の新工場視察はキャンセルしてくれ。会長に会いにいく」


「……冬樹は佐和子によく似ているな」

ベッドに横たわった健造は、しわがれた声で呟《つぶや》いた。痛み止めの薬のせいか、少し舌がもつれていて、表情もぼんやりしている。

「私は仕事ばかりで家庭を顧みなかった。そのせいで女房は愛想を尽かし、娘を連れて家を出て行った。佐和子も仕事人間だった父親を嫌っていたんだろうな。いつの間にか連絡も取れなくなって、どこで何をしているのかもわからなくなった」

ベッドの傍らに座り、年寄りの繰り言を黙って聞いていると、付き添いをしてくれている家政婦の武藤春恵《むとうはるえ》が、詫《わ》びるような顔つきで冬樹に目配《めくば》せしてきた。見舞いに来るたび同じ話を聞かされる冬樹に対し、申し訳ないと思っているのだろう。

春恵は二十年以上前から東家の家政婦をしている女性だ。六十歳を過ぎているが「元気に動けるうちは旦那さまのために働きたい」と言い、入院中の健造の世話をしてくれている。

健造を見守る春恵の顔は悲しげだった。入院するまでは矍鑠《かくしゃく》としていて、弱音や愚痴は決して口にしない健造だったのに、身体が衰弱するにつれ昔のことを話すようになった。健造には末期ガンであることは告知していないが、死期が近いことを本能的に知っているのかもしれない。

「父親として何もしてやれなかったのが、心残りでしょうがない。お前に対してもそうだ。小さい頃は佐和子とふたりで苦労したんだろう」

「確かに経済的には大変でした。でも母さんはいつも優しかった。俺のことを一番に考えてくれていました」

嘘だ。本当は邪魔者扱いばかりされていた。あんたなんか産んだのが間違いだったと、何度言われたかわからない。佐和子は自分の不幸を、いつも誰かのせいにしたがっていた。

「水城さんがお前を連れて来た時、私はお前に何ひとつ優しい言葉をかけてやれなかった。つまらない意地が邪魔をして……」

呼吸が苦しくなったのか、健造は震える手で酸素吸入マスクを摑み、口もとに押し当てた。

「大丈夫ですか？　もう喋らないで休んでください」

秀一に引き取られたあと、初めて麻布にある健造の家を訪れた時のことは、今でもよく覚えている。

健造は数寄屋《すきや》造りの大きな家にひとりで暮らしていた。孫との初めての対面だというのに、最後まで険しい表情を崩さなかった。今にして思えば、自分の娘を愛人にしていた秀一への、強い怒りもあったのかもしれない。

——その子のことは水城家にすべて任せます。私には関係のない子だ。

そう言い捨て、健造は頑《かたく》なに冬樹と目を合わせようとしなかった。父親にも祖父にも冷たい態度を取られ、冬樹は悲しかった。俯《うつむ》いて必死で涙をこらえながら、身内から拒絶されるのがどんなに心細くて辛いことか、わずか八歳で思い知った。いっそ施設にでもやってほしいとさえ願ったほどだ。

しかし年を追うごとに、健造の態度は柔らかくなっていった。いつしか誕生日のプレゼントを贈ってくれるようになり、中学生になった頃には、お年玉をあげるから遊びにおいでと誘ってくれるようになった。ぎこちない関係だったが、ふたりは祖父と孫の関係を徐々に築いていった。

健造もまた不器用な人なのだ。言葉にできなかっただけで、冬樹のことも本当は大事に思ってくれていた。別れ際になると、時々、目を赤くさせていたのを知っている。

「冬樹、会社はどうだ？　上手《うま》くやれているか？　お前は頭のいい子だ。人の心もわかる。最初は苦労するかもしれんが、耐えて努力しろ。お前ならいい経営者になれる。会社を頼んだぞ」

苦しげな息で喋り続ける健造を見ていられなくなり、冬樹は目をそらして頷いた。

「わかっています。会長が人生をかけて育て上げた大事な会社です。何があっても守っていきますから、安心してください」

微笑みかけると健造は安心したかのように、そのまま寝入ってしまった。

「春恵さん、いつもありがとうございます。引き続き、会長のことをよろしくお願いいたします」

病室を出てから頭を下げると、春恵は「坊ちゃん、やめてくださいよ」と慌てた様子で冬樹の頭を上げさせた。

「お願いするのは私のほうです。旦那さまには散々、お世話になりました。最後までおそばにいさせてくださいね」

「もちろんです。春恵さんがついていてくださるので、会長も心強いと思います」

春恵の目にうっすら涙が浮かんでいた。その目は健造だけではなく、冬樹のことも憐《あわ》れんでいるように見えた。不器用な老人と甘え方を知らない子供のぎこちない交流を、ずっと見守ってきた人だ。春恵にすれば、どちらにも等しく同情を感じるのかもしれない。

春恵と別れたあと、廊下を歩きながら冬樹は溜め息をついた。

無理だ。今の健造に、会社が買収危機に見舞われていることなど話せない。病室にいるのは死に直面して、後悔をかき集めてばかりいる無力な老人だ。病と後悔に苛《さいな》まれてあんなに苦しんでいるのに、これ以上、余計な心配は与えたくない。

「社長。会長のご意見はいかがでしたか？」

一階のロビーで待っていた新田が、小声で問いかけてきた。

「言い出せなかった。事実を伝えるのは酷《ひど》すぎる。今回の件、会長には内密にしておく」

「ですがＴＯＢをかけられればメディアも騒ぎます。会長のお耳に入るのは時間の問題ですよ」

わかっている。だからどうにかして、その瞬間を少しでも遅らせたかった。

「……お父上にご相談してみてはいかがでしょうか？」

車に乗り込んでから、新田が言いづらそうに切り出した。

「ＢＣＭに買収されるくらいなら、いっそミズシロに親会社になってもらったほうが――」

「駄目だ。東栄電工は過去に何度も経営の危機に陥ったが、どこかの傘下に入ることなく、独立企業として踏ん張ってきた。それは会長の誇りであり、強い経営理念でもあったんだ。会長にすれば敵対的買収も友好的買収も同じことだ」

会社は株主のもの。確かにそれは事実だが、経営者の想いがあってこその会社経営だ。余命いくばくもない健造の気持ちを、踏みにじるような真似はしたくない。

「ではＢＣＭから買収提案があったことを、マスコミにリークするのはどうでしょう。市場が反応して株価が上昇すれば、ＢＣＭの提示するＴＯＢ価格のプレミアムの魅力は半減します。株価が上がればＢＣＭ側の買収コストはかさ上げされ、買収を断念する可能性も出てきます」

新田の意見は一理あるが、ＢＣＭはこちらがリークすれば、即ＴＯＢの開始を公表するはずだ。市場株価がＴＯＢ株価を上回っていればいいが、そうでない時は強い防衛策にはならない。

それにリークすれば健造が事態を知ることになる。健造はもう長くない。あとひと月もたないだろうというのが担当医の見解だった。健造には立派な経営者として、誇りを持ったままで人生を全うしてほしかった。

「お待ちしている間に、鴻上氏のことを調べました」

新田がタブレットPCを見せてきた。

「簡単な経歴はこちらの記事で確認できました。BCMには新卒で入社したようです。それだけでもたいしたものですね」

遼介が見つけたインタビュー記事と同じものだろう。メールでURLを知らされていたものの、読む気がせず放置していたが、こういう状況になった以上、読む気がしないでは済まされない。

鴻上は成功したエリートとして写真つきで紹介されていた。ざっと目を通しただけで、鴻上の有能さは理解できた。海外の一流ファンド会社に入社するには、熾烈《しれつ》な競争を勝ち抜かなくてはならない。

通常は外資系コンサルや大手投資銀行、または海外のMBA（経営管理学修士）などを経て入社するものだ。大学を卒業したばかりでなんの経験もない日本人の新卒者が、アメリカのファンドに入社するなんて話は、そうそうあることではないだろう。

インタビューでは、鴻上は大学在学時に小さな投資会社を立ち上げ、その手腕を当時のBCM日本法人代表に見込まれ、推薦を受けてアメリカに渡ったという。推薦といっても入社試験を受けた上での採用だ。面接ではファイナンスの質問はもちろんのこと、エクセルで財務モデルを作成するようなテストなどもあったという。

入社後の様子も鴻上はインタビュアーに問われるまま、率直に答えていた。金融業界は実力主義だから社内での競争は熾烈で、パフォーマンス次第ではクビになることも当然ある。激しい競争心からライバルの悪口や陰口など、足の引っ張り合いも日常茶飯事で、そういうことを気にしないメンタルの強さも求められるという。

鴻上はそんな厳しい世界で着実に結果を出し続け、日本法人の代表にまで登り詰めて、そして去年の年末に帰国した。

「面倒《めんどう》な相手に目をつけられたものです」

新田の言葉にドキッとした。東栄電工が買収のターゲットになったのは、もしかしたら自分のせいなのか？

もし冬樹が社長に就任したせいで狙《ねら》われたのだとしたら、健造に申し訳が立たない。恩を仇《あだ》で返したことになる。家庭や家族を犠牲にして守ってきた大切な会社が、人生の最期に突然得体の知れない連中に奪われてしまうなんて。しかも自分のせいで——。

3

「何を飲む？　酒がいいか？」

冬樹が「何もいらない」と答えると、鴻上は肩をすくめてソファーに腰を下ろした。

広いリビングだ。三十畳はあるだろう。シンプルだが高級感の漂う白い革張りのソファーにゆったりと座る鴻上は、着古したジーンズと柔らかな風合いの白いシャツを着ている。

プライベートな場所に足を踏み入れているせいか、妙に落ち着かない。まさか自宅に来るよう指示されるとは思わなかった。

冬樹が電話で個人的に会いたいと告げた時、鴻上はまったく驚かなかった。拍子抜けするほど淡々とした声で「十時には帰宅している」と答えて、冬樹のメールアドレスに自宅の住所と地図を送ってきた。

できれば外で会いたかったが、こちらから頼んだ手前、従うしかない。冬樹はいったん品川の自宅マンションに帰宅したあと、鴻上のマンションがある港区に向かった。タクシーを使ったら十分ほどで着いてしまった。

もう一生会うことはないと思っていた相手が、こんな近くに住んでいた。驚くより笑ってしまいそうになる滑稽《こっけい》さがあった。

鴻上の住居は高級ホテルのような洒落《しゃれ》たマンションだった。最上階にある鴻上の部屋も都会的でセンスがあり、相当の高収入であることが窺われる。BCMの日本代表ともなれば、数億円の収入があってもおかしくないだろう。

「で、どういう用件だ。個人的に会いたいってことは、会社では言えないようなことか？」

鴻上は長い足を組みながら、悠然とした態度で尋ねてきた。用件を切り出す前から、もう負けているようで嫌なムードだ。いや、実際負けているのだろう。冬樹は今夜、頼み事をするためにやってきたのだから。

「買収に応じなければ、TOBに出るつもりなんだろう」

「そうなるだろうな」

「乗っ取りなんて卑劣だとは思わないのか？」

鴻上は「乗っ取り？」と言い返し、眉をひそめた。

「随分と時代錯誤な物言いだな」

「実際、そのとおりだろう」

「経営者のお前に今さら説明する必要もないだろうが、株を公開するということは、会社の株は公のものですよ、誰でも買っていいですよ、と宣言するのと同じだ。株の所有者こそが、会社の持ち主だ。お前たち社長や役員は、株主から経営を委託されているにすぎない。株を買われるのが嫌なら、上場なんてしなければいいんだ」

鴻上の言うことは間違っていない。だが、ただ株を買うことと、経営権を狙って株を買い占めることとは、意味が違うはずだ。

「四・八パーセントしかうちの株を持っていないのに、成功すると思っているのか？」

冬樹の質問に鴻上は小さく笑った。

「名簿上ではそうだが、実質的には十パーセントは超えている。東栄電工には支配的株主がいない。そのうえ外国人株主や個人株主が多い。うちが上限なし下限なしで百パーセント買うと言えば、彼らは安心して株を売るはずだ」

上限なし下限なし——。

鴻上はあくまでも強気の態度だった。だが敵対的TOBの場合、一時的に株価が上がっても、その後、下落することもある。それに投資ファンドの露骨なやり方に嫌悪を示し、株を売らない株主たちも一定数はいるはずだ。

TOBは勝負と同じだ。始まってみなければわからない。勝算有りと踏んで仕掛けてきた側が思惑どおり勝つ場合もあれば、予想外の展開に尻尾《しっぽ》を巻いて逃げだす場合もある。

だが一番の問題は冬樹にあった。この勝負をまだ開始したくないと冬樹自身が思っている。健造のために、どうしても猶予が欲しい。冬樹はその一心から、ディールメーカーである鴻上に会いに来たのだ。本当なら顔も見たくない相手だが、背に腹はかえられない。

「……鴻上。ＴＯＢは待ってくれないか。時間が欲しいんだ」

鴻上はしばらく無言で冬樹の顔を見つめていたが、面白い冗談を聞いたかのように肩を揺らして笑いだした。

「お前は勝負する前から降参しにきたのか？」

「そうじゃない。待ってくれと頼んでいるだけだ」

「それが降参でなくてなんだっていうんだ。大袈裟な言い方をすれば、俺とお前はこれから戦争を始めようとしているんだぞ。敵に対して待ってくれなんて言葉が通用すると本気で思っているのか？ 思っているならお前は無能な経営者だ。会社のためにも株主のためにも、今すぐ退任したほうがいい」

辛辣《しんらつ》な言葉を投げつけられても反論の余地がない。馬鹿げた頼みごとをしているのは、冬樹自身が誰よりもよくわかっていた。それでも健造が心安らかに人生を終えられるよう、覚悟を決めて頼みに来たのだ。どんなに罵倒《ばとう》されても怒って帰るわけにはいかない。

「お前の言うことはもっともだ。こんなことを頼むなんてどうかしている。それは自分でもよくわかってる。だけど、どうしても時間が欲しいんだ。ＴＯＢは待ってくれ。……このとおりだ」

冬樹は深く上体を倒し、心を無にして鴻上に頭を下げた。鴻上は何も言わない。重苦しい沈黙だ。一秒が一分にも感じられる。

「水城」

名前を呼ばれて顔を上げると、軽蔑《けいべつ》に満ちた眼差しがそこにあった。

「お前には心底失望したよ。そこまでして自分のプライドを守りたいのか？」

「え……？」

思いもしない言葉を投げつけられて困惑した。まるで意味が変わらない。

「就任早々、会社を買収されるのはお前にとって耐えられない屈辱か？　人生の汚点か？」

「勝手に決めつけるなよ。誰もそんなことは言ってない」

さすがに我慢できなくなり反論してしまった。だが鴻上は聞く耳を持たなかった。

「ミズシロの御曹司は若くてハンサムで有能。そういう完璧なイメージを汚されたくないんだろう。対面や外聞を守るためなら、大嫌いな相手にも頭を下げるとはな。お前のプライドは誇りじゃなく、要するに見栄《みえ》の塊ってわけか」

違うと言いたかった。自分のためではなく、瀕死《ひんし》の状態にある祖父のために頼んでいるのだと言い返したかった。けれど死に直面した祖父のために買収を待ってくれと頼むことのほうが、鴻上の同情を買おうとしているようで冬樹にとっては難しい。ビジネスの話にお涙頂戴かと嘲笑《ちょうしょう》されでもしたら、きっと悔しくて我慢できなくなる。

それなら誤解されたままでいい。健造への気持ちを侮蔑で踏みにじられるくらいなら、自分の体面のために頼んでいると思われたほうが何倍もましだ。

「お前にどう思われても構わない。俺はどうしても時間がほしいんだ。頼むから猶予をくれ」

「断る。時間をやれば、それだけそっちが有利になるんだ。まともに考えればそんな馬鹿げた頼みを、俺が聞き入れるわけがないとわかるだろう。……まさか昔のよしみで、なんとかしてもらえるとでも思ったのか？」

含みを持たせた言い方だった。冬樹は反射的に鴻上をにらみつけた。鴻上はまるで冬樹のそんな反応を待っていたかのように、嫌な笑みを浮かべた。

「昔、お前に下心のあった俺なら、頼めばどうにかなると思ったわけか」

「違う。俺はそんな気持ちで――」

「悪かった。お前がそういうつもりなら俺もちゃんと考えよう。お前の望む猶予はどれくらいだ？十日か？　二週間か？　それとも一か月か？」

突然、態度を軟化させた鴻上に警戒心を抱きつつも、冬樹は「できるなら一か月は」と答えた。

「わかった。一か月の猶予をやろう」

鴻上はきっぱり言い切ったが、にわかには信じられなかった。何か裏があるに決まっている。

やっぱりと思いながら、冬樹は黙って鴻上の言葉を待った。

「ただし条件がある」

「一か月間、俺の愛人になれ。それが俺の出す条件だ」

「……っ」

耳を疑う内容だった。冬樹の口から咄嗟に出たのは、「ふざけるなっ」という言葉だった。

「そんな条件、俺が呑《の》むと思っているのか？」

「呑むか呑まないかは、お前が決めることだ。別に怒るようなことじゃないだろう？　お前がふざけた頼み事をしてきたんだ。俺もふざけた条件を出すしかないじゃないか」

土下座でもなんでもするつもりで来たが、愛人になれと言われて頷くわけにはいかない。そもそも本気で言っているとは思えなかった。冬樹が応じないとわかったうえでの嫌がらせだろう。

レイプした相手に愛人になれと言う、その神経が理解できない。

「お前は最低の男だな」

これ以上、ここにいても意味がない。冬樹は立ち上がって鴻上に背中を向けた。

「水城。条件を呑むなら明日のこの時間、またここに来い。来なければＴＯＢを開始する」

――来るわけないだろう。

心の中でそう吐き捨て、冬樹はドアを開けてリビングを出た。


タクシーで帰宅した冬樹は、ささくれ立った気分でシャワーを浴びた。身体はさっぱりしたが、気持ちはいっこうにさっぱりしない。

「飲まずにやってられるか」

パジャマ姿で独り言をこぼし、キッチンで酒を探した。冷蔵庫にビールはあるが、もっと強い酒が欲しかった。棚の奥から貰《もら》い物のウイスキーが見つかったので、グラスに氷を入れてロックで飲む。

「……まず」

度数が高すぎて飲めやしない。仕方なく水割りにして飲んだ。普段はビールくらいしか飲まないので、ウイスキーを美味《おい》しいとは思わない。だが今は美味しい酒が飲みたいわけではないので、むしろ不味《まず》いくらいがよかった。

リビングのソファーに座って酒を飲みながら、なんとなく部屋を見回す。1LDKの家の中はすっきり片づけられているものの、鴻上の部屋とは大違いの質素さだ。社長の自宅というより、普通のサラリーマンの独身男性の部屋といったところか。

冬樹の住んでいるマンションは、立地条件がいいので家賃はそれなりにするものの、取り立てて高級でもない普通の集合住宅だ。もっといいマンションに住むことも収入的には可能だが、贅沢《ぜいたく》に興味がないせいか、いまの部屋に不自由も不満も感じていない。

だが今夜は鴻上の豪華な部屋を見たせいか、地味な暮らしをしている自分がなんだか負けているような気がして、余計に気分がむしゃくしゃした。

買ったとか負けたとか、本当はどうでもいい話だ。なのに気にしてしまうのは、鴻上のあの人を見下すような傲慢《ごうまん》な態度のせいだ。

――俺の愛人になれ。

鴻上の声が不意に耳に蘇《よみがえ》った。

「くそ……っ」

悔しさまで一緒に蘇り、冬樹はガラスのテーブルに強く拳をぶつけた。

あまりにも屈辱的な言葉だった。土下座して足を舐《な》めろと言われたほうが、まだましだ。やはり鴻上はなんの罪悪感も持っていないらしい。

なぜなんだろう？　なぜあんなふうに変わってしまったのか。高校時代とはまるで別人だ。

一緒に過ごしたのは一年間。ふたりとも十八歳だった。子供でもなく大人でもない微妙な年齢だ。肥大する自意識を持てあまし、拮抗《きっこう》する自己主張と自己否定の狭間《はざま》で心は揺れ、何かを必死で探しているけど、何を求めているのか自分でもよくわからない。そんな不安定な年頃。

目を閉じると校舎や寮の光景が浮かんでくる。山の緑。制服の群れ。チャイムの音。いつもは思い出さないようにしている懐かしい記憶を、深まっていく酔いに任せて辿《たど》り始める。

一番印象に残っているのは鴻上の背中だった。多分、冬樹がいつも鴻上の背中ばかり見ていたからだろう。

鴻上は教室でも食堂でも、大抵はひとりで座って本を読んでいた。いつからかそんな鴻上を、こっそりと眺めるようになった。

部屋でふたりきりになると「今日読んでた本、かなり面白かったんだろう？　お前、笑いをこらえてた」とからかってみたり、「休み時間、険しい顔で読んでたな。難しい本だったのか？」と聞いてみたりした。

当時は会話の糸口や、些細《ささい》なコミュニケーションのつもりだったが、今にして思えば無意識のうちに、お前のことを見ているとアピールしたかったのかもしれない。大人になって振り返ると、その幼稚さに気恥ずかしさを覚える。

鴻上は「盗み見するなよ」と決まり悪そうにしていたが、時にはやり返すみたいに「食堂で誰かとぶつかって、転びそうになってたな」と冬樹をからかってくることもあった。

教室、食堂、校庭、廊下。次第にどこにいても必ず鴻上を探すようになった。なぜと聞かれてもわからない。ただ目が鴻上の姿を探してしまうのだ。

相手が異性だったら恋していると思ったかもしれない。だが冬樹はゲイではなく、むしろ男同士の恋愛には否定的だったから、鴻上のことは妙に気になる友人という範疇《はんちゅう》に押し込め、自分の気持ちを深く掘り下げることはしなかった。

多分、鴻上の態度が変わらなければ、何事もなく卒業していたと思う。そういえば高校の頃、同性にちょっとだけときめいたっけな、と苦笑いしながら懐かしむ思い出になっていたはずだ。

そうなっていればよかった。そしたら同窓会で鴻上と再会しても、いくらかの気まずさと純粋な懐かしさだけを味わいながら、なごやかに互いの近況を話し合えただろう。

いつからだろう？　盗み見していると鴻上とよく目が合うようになり、部屋でのふとした沈黙が妙に息苦しくなり、少しずつだが確実に、ふたりの間に流れる空気が変わっていった。その変化が冬樹の曖昧な感情をチクチクと刺激し、やがては鴻上をはっきりと意識するようになってしまった。

そんな冬樹の内心を知ってか知らずか、鴻上の態度は親密さを増していった。ふざけて頭を撫《な》でたり、勉強を教える時に触れるほど肩を寄せたりして、冬樹をよくどぎまぎさせた。

ドキドキするたび、こんなのやばい、普通じゃないと思いながらも、もしかして鴻上も少しは自分に気があるんじゃないかと感じることも多かった。普段クールな鴻上が、ふたりきりの時だけは声を上げて笑ったり、時には子供みたいにふざけたりする。誰も知らない姿を自分にだけは見せてくれる。それが嬉しかった。

多分、秋の終わり頃には、お互いが相手の気持ちに気づいていた。それでもふたりの関係が大きく変化することはなかった。鴻上のほうはわからないが、冬樹には勇気がなかったのだ。

自分はゲイではないし、ゲイになりたいとも思っていない。男を意識することと、男と恋愛関係になることはまるで違う。予期せぬアクシデントに見舞われただけ。そう決めつけて鴻上に惹かれながらも、友達のふりをし続けた。そうするしかないと信じていた。

卒業まで友達のままやり過ごす。冬樹だけではなく鴻上もそう思っているのは、なんとなくわかった。自分の気持ちも相手の気持ちも知らないふりをする。見ないふりをする。暗黙の了解。ある意味、寂しい共犯者のようだった。

時折、やり切れないほど苦しくなることもあった。いっそのこと好きだと告げてしまいたいと何度か思った。けれど拒絶されれば傷つくし、かといって受け入れられても困る。男同士で恋人になるなんて、当時の冬樹には絶対に無理だった。

同性愛は間違いだと思い込んでいた。今はそういう恋愛の形もあるとわかっているし、人それぞれの生き方があるのだから間違いだなんて思わないが、あの頃は自分の狭い価値観からはみ出すものを認められずにいたのだ。

自分の性癖で悩むより、間違った感情から目を背けるほうがはるかに楽だ。結局のところは、自分自身と深く向き合うことから逃げていたのだろう。

そうやって自分を欺《だま》してきたのに、あの夜、まるで長い抑制の反動のように自制を失った。お互い志望していた大学に合格して、あとは卒業式を待つばかりという時期だった。大半の三年生が退寮し、冬樹も翌日には寮を出ることになっていた。

最後の夜だからと、ふたりはこっそり缶ビールや缶チューハイを買い込んで、部屋で映画を観《み》ながら祝杯を挙げた。

開放的な気分と、今夜でお別れだという寂しさ。いろんな想いがごちゃ混ぜになった状態で、飲み慣れない酒に酔い、途中から感傷的な気分になった。

鴻上も同じだったのかもしれない。

「水城と同室になれてよかった。心の底からそう思ってる」

鴻上が突然、そんなことを言いだした。ポータブルのＤＶＤプレーヤーの小さい画面には、見終えた洋画のエンディングロールが映しだされている。

「な、なんだよ、いきなり。照れるからよせよ」

「最後なんだからいいだろ」

鴻上はＤＶＤを取り出し、別のＤＶＤをセットした。冬樹は自分のベッドに腰かけていて、鴻上は床に座っている。折りたたみ式のミニテーブルの上にはＤＶＤプレーヤー、おつまみのナッツやポテトチップスなどが載っていた。アルコール類は万が一、見つかると大変なので、マグカップに注いで飲んでいた。

「最後に礼くらい言わせてくれ。お前のおかげで一年間楽しかった。ありがとう」

鴻上のあらたまった言葉に胸が詰まり、冬樹は思わず涙ぐんでしまった。親しくつき合ったのは部屋の中だけだ。部屋から一歩外に出れば、よそよそしい態度で接していた。そんな狭い自分に礼を言うなんて、鴻上は優しすぎる。

「……お前、泣き上戸だったのか？」

涙に気づいた鴻上は、驚いた顔で冬樹を見上げた。

「そ、そうだよ。だから気にするな」

恥ずかしかったが涙はじわじわと浮かんできて止まらない。照れ隠しに袖口《そでぐち》で乱暴に目もとを拭《ぬぐ》いつつ、ぬるくなったビールに口をつけた。

「俺も楽しかった。鴻上のおかげで面白い本とか映画とか、いっぱい知ることができたし」

そんなことより、本当は伝えたいことがある。だけど言えない。言えばすべてが台無しになる。友達のまま別れるんだ。そうすれば、また友達として再会できる。

「東京に帰ってきた時は連絡してくれよ」

「ああ。メシでも食おう」

新しい映画が始まった。笑えるコメディー映画だった。ふたりで笑って映画を観たが、楽しくはなかった。朝が来れば別れが待っている。

笑いながら心の中では、夜なんて明けなければいいと思った。

朝まで起きているつもりだったのに、気がついたらベッドに横たわっていた。いつ横になったのかまるで記憶がない。飲みすぎたようだ。

窓の外がうっすら白み始めていた。明かりは消えていて部屋は薄暗い。布団の中で足を動かした時、何かに触れた。なんだろうと不思議に思ったが酔っているので思考が働かず、また目を閉じる。

足にぶつかったものは温かい何かだった。そういえば背中も妙に温かい。まるで誰かが隣で寝ているように。

誰かが隣で——。

そこまで考えて、まさかと思った。後ろにいるのは鴻上なのか？　いや、いるとしたら当然、鴻上しかない。酔って眠くなり、隣で寝てしまったのだろうか。

鴻上とひとつの布団で寝ている。その事実にドキドキしているのに、アルコールのせいで意識は朦《もう》朧《ろう》としていて変な感じだった。夢の中にいるようで、まるで現実感が伴わない。

でも嬉しかった。ただ嬉しかった。ささやかな幸福感を味わっていたら、思いがけないことが起きた。後ろから鴻上の手が伸びてきて、冬樹の手を握ったのだ。顔の前に手を置いていたので、鴻上の手の動きはよく見えた。

重なってきた鴻上の手はしばらくじっとしていたが、ゆっくりと動いて下に回り込んだ。手のひらを合わせて、指の間に鴻上の指が深く入り込んでくる。恋人繋ぎの形だ。

鴻上も酔っているらしい。さすがに嬉しさより戸惑いが勝った。

こんな真似をされても困る。今まで我慢してきたのに。お互い、見て見ぬふりでどうにかやり過ごしてきたのに。

鴻上の手に力が入った。ギュッと握られると、まるで心臓をそうされているように胸が痛んだ。けれどそれは甘い痛みだった。

寝たふりを装うか、手を振りほどくか。そのどちらかを選ばなければ。そうわかっていたのに、冬樹の手は自分の意思に反して、鴻上の手を握り返していた。

背後で息を呑む気配がして、鴻上の手が離れていく。冬樹の反応に驚いて我に返り、慌てて手を放したのだろう。

ぼんやりした頭で、これがふたりの終わり方なのかと思ったら、ひどく切なくなった。

でもそうじゃなかった。鴻上の手は移動して、冬樹の胸に押し当てられた。ちょうど心臓のあたりを押さえている。早い鼓動が伝わってしまう。そんなどうでもいいことで焦った。

鴻上の手は、胸から脇を撫でながら腰へと移動した。いったん腰骨の上で止まった手は、冬樹のスウェットのズボンの中にするっと潜り込んできた。

咄嗟に鴻上の腕を強く摑んだ。駄目だ。それは駄目だ。心の中でそう呟いた時、鴻上が額を冬樹の肩に押し当ててきた。

「……一度だけでいい。お前に触れさせてくれ」

ある種の湿り気と熱量を含んだ声は苦しげだった。同時に吐息が首筋にかかる。その瞬間、熱い何かが内側から激しく込み上げてきて、息が止まりそうになった。興奮とも感激とも衝撃とも違う、言葉にしがたい情動だった。

鴻上の腕を摑んでいた手から力が抜ける。何をしてるんだと自分を責めたが、鴻上に本気で懇願されて拒否なんてできない。これは仕方ないことなんだと自分に言い訳した。

熱い手でそこを握られる。握り込まれたままうなじにキスされ、背筋がビクッと震えた。扱《しご》かれて、瞬く間に快感に包まれた。冬樹のものはすぐに形を変えた。

快感が酔いを深めたのか、それ以降の記憶はぼんやりしている。途中で「汚すといけないから」と囁《ささや》かれ、下着とズボンを脱がされたのはうっすら覚えている。確かなのは初めて他人の手で愛撫《あいぶ》され、すごく感じてしまったということだ。

射精した記憶はかろうじてあるものの、その後はいっさい覚えていない。きっと眠ってしまったのだろう。それで終わっていればよかった。そこまでなら鴻上を責めたりしない。お互い酔っていたから仕方がなかったと思ったはずだ。

問題はそのあとだった。次に気がついた時、異変が起きていた。

視界が暗かった。理由はすぐわかった。どういうわけか、冬樹は頭から布団を被《かぶ》っていたのだ。冬樹は布団を剝《は》ごうとした。でもできない。両手が拘束されている。ビニール紐《ひも》のようなもので手首を縛られ、万歳するような体勢のまま、まったく動けなかった。紐はベッドの柱に固定されているようだった。

すぐに足も縛られていることに気づいた。俯《うつぶ》せの状態で、ベッドに大の字になっている格好だ。頭の中が疑問でいっぱいになる。——何が起きているんだ？

自由を求めて暴れた。ベッドはガタガタと揺れたが、縛られた箇所が痛くなるだけで、紐はいっこうに緩む気配もない。

誰かの手が腰のあたりに触れた。その冷たい感触にゾクッとした。同時に下半身が剝《む》き出しなのに気づき、羞恥《しゅうち》心に襲われた。

「鴻上、これはなんの真似だよっ？」

布団の中で叫んだ。鴻上は答えない。

「ふざけすぎだぞ。早く解け！　こんなこと誰が――うっ」

抗議の声は強引に遮られた。脇腹を強く殴られたのだ。次に背中も殴られた。肺の裏側だったせいか、呼吸が止まった。

突然の暴力にショックを受け、冬樹は呆然《ぼうぜん》となった。さらに追い打ちをかけるように、剝き出しになった下肢の奥まった場所に、何か濡《ぬ》れたものが触れた。

唾液《だえき》で濡らした指だと気づき、まさかだろ、と思った。だがそのまさかが起きた。

両手で奥まった場所を押し開かれたと思うと、熱い棒がねじ込まれた。一気に奥まで突き上げられ、あまりの激痛に声も出ない。

鴻上は容赦なく自身を挿入し、引き抜き、また挿入した。逃げようと腰を捩《よじ》ると、また背中を殴られた。どう足掻《あが》いても逃げられないとわかり、冬樹は歯を食いしばって苦痛が去るのを待った。

途中で出血したのかぬるつきが増して、皮肉なことに受け入れるのが少し楽になった。だが、そんなことはなんの慰めにもならない。

ベッドの軋《きし》みに混じって、呻《うめ》き声や荒い息が聞こえる。耳をふさぎたかった。男にレイプされているという現実を生々しく感じて、気が狂いそうになる。

時間にすれば多分、十分にも満たなかったはずだ。けれど冬樹には永遠の責め苦に感じられた。

鴻上は低い呻き声を上げ、射精した。ベッドを下りて服を着ている気配。やっと解放されると思ったのに、鴻上は冬樹の拘束を解かずに部屋を出ていった。

動かない手を必死に使い、指先で生地を引っ張ってどうにか布団を剝いだ。外はもう明るくなっている。自分の惨めな姿も朝の光の中に晒《さら》されていた。

悔しくて、情けなくて涙が出た。冬樹は肩を震わせて泣いた。

好意を持っていたのは事実だが、こんなことは望んでいなかった。鴻上の気持ちがまるでわからない。冬樹が途中で寝てしまって自分の欲望が満たされなかったから、その腹いせでこんなことを？　それともそういう性癖があったのか？

好かれていると思っていたのは、冬樹の勘違いだったのかもしれない。好きな相手に欲望を持つのは自然なことだが、縛ってレイプするのは異常だ。おかしすぎる。

乱れた感情をどうにか落ち着かせ、拘束を解くため手足をばたつかせた。だがやはりどうしても外れない。ビニール紐が肌に食い込み、痛くなるだけだった。

どうしようかと困り果てたその時、誰かがドアをノックした。

「冬樹。メシ、一緒に行かないか？」

ドアを開けて顔を覗《のぞ》かせたのは、友人の松成だった。裸の冬樹を見て驚いたのか、松成は慌てて「ごめんっ」と頭を引っ込めた。冬樹は「松成！　助けてくれっ」と叫んだ。こんな姿を見られるのは死ぬほど恥ずかしかったが、松成に頼むしかない。

松成は冬樹の手足が紐で縛られているのに気づき、顔色を変えて近づいてきた。

「どうしたんだよ、これ。なんでこんなこと――」

「切ってくれ。机の引きだしにハサミがあるから」

松成はすぐにハサミを持ってきて、紐を切ってくれた。シーツには赤い血がついていた。何が起きたのか松成にもわかったらしい。

「やったのは鴻上だろ？　こんなの犯罪じゃないか。学校に報告するべきだ」

「駄目だ。誰にも知られたくない。このことは絶対に秘密にしてくれ。もし誰かに喋ったら、俺はお前を一生許さないからな」

男にレイプされたなんてことが公になったら、生きていけないと思った。だからきつく口止めした。気弱な松成は冬樹には逆らえない。不満そうだったが、最後は誰にも言わないと約束してくれた。

松成がいなくなったあと、冬樹はシャワー室に向かった。寮には大浴場とは別に、個室タイプのシャワー室もある。挿入された部分をお湯で洗うとひどく痛んだ。洗いながら情けなくて、また泣けた。

部屋に戻って荷物をまとめていたら、鴻上がやっと戻ってきた。ジャージ姿だった。鴻上は毎朝、ジョギングをしている。人をレイプしておいて、自分は呑気に日課のジョギングかと思ったら、激情に近い憎悪を感じた。

殴りかかってやろうかと思った。だが腕力では敵わない。それにまた乱暴されたらという恐怖心もどこかにあった。理屈ではない怯《おび》えだ。

荷物がまとまったので部屋を出ようとした。予定より早い出発だが、一秒でも早くこの部屋を出たかった。

「……水城。悪かった」

ドアを開けた時、背後で鴻上が呟いた。謝罪の言葉に冬樹の怒りは増幅された。謝って済むことじゃない。謝って済まそうなんてどうかしている。

冬樹は鴻上に近づき、思いきり頬を張った。

「俺はお前を許さない。絶対に許さないからな」

自制しないとヒステリックに罵倒してしまいそうだった。わめき散らしても惨めになるだけだ。冬樹は必死で自分を押さえつけ、鴻上から顔を背けて部屋を飛び出した。

卒業式は仮病で欠席した。だからそれがふたりの最後の場面になった。

「今後、社内の情報管理を徹底する必要があります。万が一、買収の噂が出ればマスコミも動きます。従業員に、マスコミの問い合わせには必ず広報を通すように指示し――」

4

「社長」

翌日の午後のことだった。経営企画担当の川内と話をしていると、険しい表情の新田が社長室に入ってきた。

「どうした？　ＢＣＭが買収を公表したか？」

「いえ。今、春恵さんから連絡がありました。会長の容態が急変して、危険な状態だそうです」

「か、会長が……？」

川内が絶句した。東栄電工の全社員にとって、健造は精神的支柱とも言える存在だ。

「このあとの経済誌の取材は、日程を変更していただきました。病院に参りましょう」

冬樹は新田と一緒にすぐ会社を出て、健造が入院している病院に向かった。最悪を覚悟したが、健造の生命力は強かった。冬樹が病院に到着した時には意識が戻っていて、問いかけにも頷ける状態だった。しかし医師にはいつまた急変するかわからない、この次、意識レベルが低下したら、その時はもたないだろうと告げられた。

「……冬樹。会社をお前に託せてよかった」

病室で付き添っていたら、健造が不意に呟いた。顔を覗き込むと、思いのほかしっかりした眼差しで見つめられた。

「お前には何もしてやれなかったが、最後に会社を任せられた。それが私にとっては一番嬉しいことだ。……お前はどんなに頑張っても、ミズシロの跡継ぎにはなれないんだろう？」

その件については健造と一度も話し合ったことはない。だが冬樹が水城家で孤立していることは、健造も薄々気づいていたのだろう。

「水城さんはお前の弟を後継者にしたがっている。だから無茶と知りつつ、若いお前をミズシロテクノロジーズの社長に据えた。違うか？」

そのとおりだ。次男の透をいずれ後継者にするために、有能な兄がいては困る。だから秀一は業績不振の子会社を冬樹に押しつけ、長男には経営者としての才覚がないというイメージを周囲に植え付けたかったのだろう。

ところが冬樹は経営難を自分の力で乗り切った。冬樹の経営手腕を高く評価する声に押され、秀一は仕方なく冬樹をミズシロの取締役として迎えることにしたのだ。そんな時、健造から東栄電工の社長の座を打診された。

秀一は渡りに船と思ったに違いない。引き留めるどころか、「東会長のためにも、東栄電工で頑張ったらどうだ」と言いだした。これは体のいい厄介払いだと思った。

ミズシロの社長になりたかったわけではない。ただ秀一から認められたかった。息子として愛されたかった。でも結局それは叶《かな》わない夢だと思い知らされた。だったら自分を求めてくれる健造のところへ行き、東栄電工に骨を埋める覚悟で頑張ろうと決めたのだ。

「東栄電工はミズシロとは比べようもない小さな会社だが、私のかけがえのない宝だ。お前にとっても、きっと宝になる。頼んだぞ、冬樹。私はもう思い残すことは何もない」

健造はまた眠りに落ちた。痩せて小さくなった祖父の寝顔を見ながら、冬樹は涙をこらえた。健造の気持ちが嬉しい。同時に切ない。

不憫《ふびん》な孫をどんな気持ちで見守ってきたのだろう。祖父としての気持ち、経営者としての気持ち、その狭間で出した答えが冬樹の社長就任だったのだ。

健造は今でも毎日、経済新聞に目を通していると春恵が言っていた。病床にあっても鴻上が敵対的TOBを仕掛けてくれば、すぐに気づくだろう。

公開買付の買付期間は原則、二十日以上六十日以内とされている。このままだと健造は会社が買収の危機にさらされていることを知り、場合によっては結果を知ることなく他界してしまうかもしれない。死んでも死にきれない想いを味わわせることになるだろう。

健造のしわだらけの手をそっと握った。この人だけが自分を愛してくれた。不器用な愛情だったけれど、ちゃんと冬樹の心を温めてくれた。

温かい祖父の手を握りながら、冬樹は心に決めた。

心残りを持たせたままで、この人を逝かせたりはしない。


鴻上はワイシャツとスラックス姿で冬樹を出迎えた。帰宅したばかりなのか、首にはゆるめたネクタイがぶら下がっている。

「本気で俺の愛人になるっていうのか？」

「そうだ。その代わり一か月の猶予をもらう」

ソファーに座った鴻上は考え込むような顔つきで、顎《あご》に手を添えている。明らかに不服顔だ。

愛人になれという言葉は、やはりただの嫌がらせだったのだ。侮辱のための戯《ざ》れ言《ごと》に冬樹が応じてきたので、厄介なことになったと思っているのだろう。

言いだしたのは鴻上だ。撤回はさせない。健造のために、一か月だけ自分を犠牲にする覚悟はもうできている。会社にとっても防衛策を練る時間ができるのはいいことだ。

「どうして黙っている。お前が持ちかけた話だろう。今さら冗談だったなんて言うなよ」

「言わないさ。だが愛人になると言っても抽象的すぎる。これは取引と同じだから、条件も決めておく必要があると思ってな」

「条件……？」

嫌な予感がした。鴻上は「そうだ」と頷き、冬樹を真正面から見つめた。

「愛人になる一か月間、お前はこの部屋で暮らせ。それが第一条件だ」

「無理だ。俺だって仕事があるんだぞ」

「ここから通えばいいだろう。いちいち呼び出すのは面倒臭《めんどうくさ》い。愛人なんだから、俺の好きな時にセックスさせろ。できないなら愛人にする意味がない。……嫌か？　嫌なら交渉決裂だ。帰っていいぞ」

同居なんて冗談じゃないと思ったが、断れば鴻上の思う壺《つぼ》だ。冬樹はギリギリと歯嚙みしたい気持ちで、「わかった」と答えた。

「ここで暮らせばいいんだな。いつからだ？」

「明日からだ」

朝の迎えの車をどうしよう。新田にはなんて説明すればいい。そんなことを頭の隅で考えていたら、鴻上が続けて口を開いた。

「同居は明日からでいいが、愛人になるのは今夜からだ。シャワーを浴びてこい」

突然の命令に顔が強ばった。

「今から……？」

「そうだ。今この瞬間から、お前は俺の愛人になったんだ。俺がシャワーを浴びてこいと言えば、すぐ浴室に行け。服を脱げと言えば裸になり、足を開けと言えば素直に開く。それが愛人の役目だろう。できないならこの取引は不成立だ」

鴻上は冷ややかな眼差しで言い放った。取引に応じた以上、何を言われても従うしかない。冬樹は鴻上をにらみ返した。

「浴室はどこだ？」

鴻上は冬樹の返事を聞くと鼻先でフッと笑い、立ち上がった。案内されたのは、ジャグジーつきの広々としたバスルームだった。窓があって夜景が見渡せる。

入浴はすぐに終わったがなかなか出る気になれず、冬樹はバスタブに腰を下ろし、何度も溜め息をついた。覚悟はできているはずなのに、どうしても身体がすくむ。レイプされた時の恐怖が蘇るせいだ。怒りに変えて乗り越えたつもりでいたが、いざとなると駄目だった。

情けないぞ。たかがセックスじゃないか。自分をそう励ましてみるものの、足が動かない。

また縛られたら？　また出血するほど傷つけられたら？

悪い方向に考えると、どんどん気が滅入《めい》ってきた。しかしここでぐずぐずしていても、時間の無駄だ。やると決めた以上、どんなことをされても耐えるしかない。

自分を必死で奮い立たせて浴室を出た。さっきまではなかったのに、ハンガーにかけられたバスローブが吊《つる》されている。これを着てこいということだろう。適当に畳んで置いてあったワイシャツとスーツまで丁寧にハンガーにかけられていて、なんとなくばつが悪かった。

バスローブ姿でリビングに戻ると、鴻上はノートパソコンのキーボードを叩いていた。画面の文字はすべて英語だった。

「冷蔵庫に入ってる飲み物は、なんでも好きに飲んでいい。寝室は向こうだ。俺もシャワーを浴びてくる」

鴻上はパソコンを閉じ、バスルームに消えた。酒を飲みたい気分ではなかったが、冷蔵庫に入っていた缶ビールに手を伸ばした。アルコールの力を借りなければ、レイプされた男に自分から抱かれるという悪夢のような現実に、今にも押し潰されそうだった。

飲みながら寝室のドアを開けた。落ち着いた雰囲気の部屋だった。ベッドがやけに大きい。キングサイズだろうか。ひとりで寝るには広すぎるベッドだ。きっと恋人がいるに違いない。それなのに自分を愛人にした。人間として最低だ。その最低な男に抱かれるのだ。

これからこのベッドで……と思うと逃げだしたくなったが、健造の顔を思い出して気持ちを落ち着かせた。覚悟を固める意味も込めて、ベッドに腰を下ろしてみる。

酔ってしまえば恐怖心も薄らぐだろうと思い、一気に缶ビールを飲み干した。夕食を食べそびれていたので、空《す》きっ腹《ぱら》だ。そのせいで、たかがビール一本なのに目眩《めまい》がした。

ベッドに上体を倒して目眩が去るのを待っていると、「やる気満々だな」という声が降ってきた。驚いて飛び起きる。ドアのところにバスローブ姿の鴻上が立っていた。

「まさかベッドで寝て待ってるとは思わなかった」

皮肉な口調だが呆れているのがわかる。

「べ、別にそういうわけじゃ」

急に頭を動かしたせいか、目眩がひどくなった。冬樹は「酔って、ちょっと目眩がしたから」と正直に答えた。ビール一本で酔ったと告白するのは恥ずかしかったが、やる気満々なんて言われたら、言い訳しないわけにはいかない。

「だったらそのまま休んでろ。俺は向こうで急ぎのメールを仕上げてくる」

鴻上はドアを閉めて寝室からいなくなった。拍子抜けしたが有り難かった。いっそ朝まで仕事していればいいのに、と思いながら、再びベッドに倒れ込む。

昨日も一昨日《おととい》もあまり眠れなかったせいで、強い睡魔が襲ってきた。目眩と相まって起きていられない。冬樹は暗い穴の中に吸い込まれていくかのように、あっという間に意識を手放した。

深い眠りを貪《むさぼ》ったせいか、目が覚めた時、一瞬自分がどこにいるのかわからなかった。馴染みのないベッド。見覚えのない壁。すぐに鴻上の部屋だと思い出し、飛び起きた。間接照明の淡い光りの中、壁時計の針は夜中の二時を示している。

「さすがは女王さまだ。お前の図太さには恐れ入るよ。他人のベッドでそこまで熟睡できるとはな」

鴻上はベッド脇のひとり掛けのソファーに腰を下ろし、冬樹を見ていた。背もたれに深く背中を預け、手には琥珀《こはく》色の液体が入ったグラスを持っている。テーブルの上にはブランデーの瓶。人の寝顔を酒の肴《さかな》にして飲んでいたのだろうか。

「……昨日はあまり寝てなくて」

嫌みを言うくらいなら起こせばいいのにと思ったが、本格的に寝入ってしまったのは自分だ。さすがにこの状況では文句も言えない。だが眠ったおかげで気分はすっきりしていた。

「お前、恋人はいないのか？」

鴻上が突然、質問してきた。

「いない。お前はどうなんだ」

「俺もいないな。寝るだけの女なら何人かいるけど」

「……女？」

聞き返したら、鴻上は「女じゃ悪いのか？」と嫌みな笑みを浮かべた。

「俺は男も女もいけるバイセクシャルだ。アメリカにいた頃は男ともつき合ったが、日本の男はつまらないからまったくそそられない」

鴻上はグラスを置いて立ち上がり、ベッドに腰を下ろした。急な接近に心臓の鼓動が速まる。

「だからお前にも別に期待なんかしていない。だが愛人として契約した以上は、義務を果たしてもらうぞ」

「わかってる。お前の好きにしたらいい」

見つめ合うというよりにらみ合いが続いたあと、鴻上は「脱げ」と言い放った。

「裸になって横になれ」

冬樹は心を無にしてバスローブを脱ぎ、床に落とした。言われたとおり、全裸でベッドに横たわる。鴻上の視線が上から下へと移動し、腰の辺りに留《とど》まった。性器をまじまじと見られ、羞恥に顔が熱くなる。

鴻上の手がそこに触れてきた。反射的にビクッと身体が震える。

柔らかなそれに添えられた手は、ひどく冷たかった。ひんやりした指の感触に、睾丸《こうがん》がキュッと縮まったような気がした。だがゆるゆると扱かれているうちに、冷たさを忘れた。握られたそこから、じわじわと熱が生まれてくる。

冬樹は奥歯を噛みしめた。感じたくないのに思いのほか優しいタッチに、自然と快感が芽生えてくる。気をそらそうとして、この状況とは関係のないことを考えようとしたが、上から見つめてくる鴻上の強い視線が気になり無理だった。

反応しないでくれと必死で念じた。だが気持ちとは裏腹に、冬樹の雄は鴻上のたくみな刺激に、弾力を増して形を変えていく。そんな自分が恥ずかしくて、腕を顔の上に載せた。すると鴻上に腕を掴まれ、もとに戻された。恥ずかしがってる相手の顔が見たいなんて、悪趣味な男だ。

静かな部屋に、冬樹の乱れた息づかいだけが響いている。鴻上はまるで実験中の科学者のような冷静な態度で、冬樹のペニスを扱き続けた。じっと見下ろして、ただ機械的に手を動かしているだけだ。観察されているみたいで腹が立つ。

手の動きが速まり、痛いほどの力で扱かれた。激しい愛撫に追い立てられ、射精感がどんどん高まっていく。唇を噛んで必死で耐えたが、自然な生理だ。じきにこらえきれなくなった。

身体中の血液が沸騰して、ペニスに集まってくる。爆発しそうにそこが熱い。

「ん……はぁ……、く……っ」

我慢すればするほど快感は高まり、切羽詰まった声が漏れてしまう。もう駄目だと思った瞬間、引導を渡すかのように、鴻上の手の動きがいっそう速まった。

「……っ」

変な声が出そうになり必死で歯を食いしばった。ギュッと目を閉じながら、冬樹は射精した。噴きだした白濁が、腹にポタポタと飛び散るのがわかった。

荒い息に胸が大きく上下している。必死で呼吸を整えていると、鴻上が無言でティッシュを持ってきた。濡れた自分の指を拭い、箱から抜き取った数枚を冬樹の腹の上に載せてくる。冬樹は自分で腹の汚れを拭った。

言葉にできないほどの気まずさと、死にたくなるほどの自己嫌悪。落ち込むなんてものじゃない。それなのに鴻上は傷口に塩を塗りたくってきた。

「男の生理は残酷だな。相手が嫌いな男でも、扱かれたら簡単に射精する。情けないと思わないか？」

悔しかったが何も言い返せなかった。そのとおりだからだ。自分でも予想外だった。鴻上に触れても気持ち悪くて、絶対に勃起《ぼっき》なんてしない思っていた。なのに握られてすぐに反応した。溜まっていたからだと言い訳したかったが、それが真実でも言ったところで情けなさが増すだけだ。鴻上の手の動きは絶妙だった。力加減も扱き方もツボを心得ていた。あんなふうに刺激されれば、どんな男だってすぐに射精してしまう。……多分。

「起きろ。次はお前の番だ。俺のものも可愛がってくれ」

鴻上はベッドに横たわり、バスローブの紐を解いて前を開いた。現れたのはたくましい男の裸体。そして身体のサイズに見合ったもの。股間《こかん》のそれは、濃い茂みの中ですでに高ぶっている。なぜかドキッとした。見てはいけないものを見てしまったような戸惑いに襲われる。

冬樹は目をそらしたまま、鴻上のものに手を伸ばした。躊躇《ためら》いながらも、屹立《きつりつ》した雄をそっと握り込む。太さも長さも、冬樹のものより勝っている。そこはかとない敗北感を味わったが、そんな自分を馬鹿じゃないのかと思った。男ってやつは、本当にしょうがない。

こんなもの、触りたくないのに――。心の中でそう呟いたが、予想したほどの強い嫌悪感は湧いてこなかった。自分がされたあとだから、感覚が麻痺《まひ》しているんだ。そうに違いない。

義務的に手を上下に動かしていると、「もっと強く握れ」とか「根もとまでちゃんと扱け」とか、いちいち命令してくる。

「そんなやり方じゃ、いつまでたっても達《い》けないだろ」

溜め息交じりに文句を言われ、クソッと腹が立った。しっかり握り、手首のスナップを利かせ、リズミカルに責め立てる。

「そうだ。やればできるじゃないか」

枕《まくら》に頭を乗せた鴻上が、にやついた顔で褒めてくる。

――余裕をかましやがって。すぐに間抜けな顔にさせてやるからな。

冬樹は妙な対抗心を燃やし、腕がだるくなっても動きを止めず、鴻上を追い立てた。最後あたりは鴻上も薄ら笑いを消し、自分の世界に没頭するように目を閉じた。

射精の瞬間、鴻上は眉根を寄せながら、低い呻き声を上げた。一瞬、達かせてやったという満足感を味わいかけたが、喜んでどうすると思い直し、いかにも不機嫌を装いティッシュで濡れた指先を拭いた。

「飲みすぎて眠くなってきた。俺はもう寝る。朝になったら帰ってもいいぞ」

達くだけ達ったら満足したのか、鴻上はさっさと背中を向けてしまった。

冬樹はバスローブを羽織り、仕方がないので鴻上の隣に身体を横たえたが、頭にはクエスチョンマークが飛び交っていた。

これだけでいいのか？　手で刺激しあっただけで、鴻上は本当に満足したのか？

様子を窺うと、もう寝息が聞こえてきた。本当に眠ってしまったらしい。冬樹が寝てしまったあとずっと飲んでいたのなら、確かに眠くもなるだろう。

ひどい目に遭わされると覚悟したが、今夜はたいしたことはされなかった。もしかしたら鴻上は、冬樹に対してまったく欲望を抱いていないのかもしれない。やはり愛人になれと言ったのは嫌がらせで、セックスの対象として魅力を感じていないのではないか。

そうだったらいいのにと思ったが、安心はできなかった。明日も明後日《あさって》もそれ以降も、このベッドで眠ることになるのだ。鴻上の奴隷になったのも同然だった。

5

同居といってもずっと帰宅できないのは困るので、基本的には仕事が終われば鴻上の家に行き、朝は一度自宅に帰ってから出社するという形を取ることになった。

ただし送迎の社用車を鴻上のマンションに向かわせるのは問題がある。鴻上にマンションの地下駐車場を使っていいと言われたので、夜は自宅マンション前で送迎車を降りてから、自分の車に乗り換えて鴻上の部屋に行くことにした。そうすれば朝の帰宅も楽だし、鴻上の部屋に通っていることを誰にも知られなくてすむ。

初日は仕事で帰宅が遅くなり、鴻上の部屋に着いた頃には十時をとうに回っていた。合い鍵《かぎ》で入るよう言われていたので、迷ったがチャイムを押さずに入った。室内に入り、廊下の突き当たりにあるリビングの前に立った時だった。中から険しい声が聞こえてきた。

そっとドアを開けて中の様子を窺ってみると、鴻上は窓際に立って外を眺めながら、スマホを耳に当てていた。会話は英語で、聞き慣れない単語ばかりが聞こえてきた。仕事関係でのトラブルらしきことは伺えたが、日常会話程度の英語力しかない冬樹には、具体的な内容まではわからなかった。

鴻上はドアのところに立っている冬樹に気づき、無理矢理のように通話を終わらせた。

「遅かったな。うちに来るのが嫌で、自分の家で時間を潰してたんだろう」

顔を見るなり嫌みを投げつけられた。腹は立ったがグッとこらえて、「仕事で遅くなったんだよ」と言い返した。

「その鞄《かばん》はなんだ？」

冬樹が提げている大きなバッグを見て、鴻上が尋ねた。

「何って、着替えとか、歯ブラシとか、いろいろだ」

「……お泊まりセットかよ」

ぼそっと呟かれ、なぜか顔が赤らんだ。当然、必要だと思って持ってきたが、そんなふうに言われると随分と呑気な感じがする。

「一か月も泊まり込むんだから、いるだろ、普通っ」

思わず語気を強めて言い返したら、鴻上に「何をむきになってるんだ」と軽くあしらわれた。

「俺はもう風呂《ふろ》に入った。お前は？」

「まだだよ。荷物だけまとめて、すぐここに来たんだから」

「なら、とっとと入ってこい。おつとめの時間だ」

「お――」

変な言い方はやめろと言いたかったが、いちいち嚙みつくのも大人げないので、開きかけた口を閉ざした。

昨日と同じようにシャワーを浴びながら、冬樹は苛立《いらだ》つ気持ちを落ち着かせた。普段は感情の振り幅は狭いほうで、他人に対して怒ったり苛々したりすることは滅多《めった》にないのだが、鴻上が相手だといちいち感情を乱されてしまう。鴻上以上にそんな自分自身にうんざりした。もっと平常心を保って、できるだけ鴻上にはなんの感情も見せずに接したいのに。

持参したパジャマを着てリビングに戻ると、鴻上はリビングのソファーでワインを飲みながら経済誌を読んでいた。スウェットのズボンにTシャツという部屋着なのに、長い足を組んでページをめくる姿はファッション雑誌の一ページのようにさまになっている。別段、気取っているわけでもないのだが、妙に癪《しゃく》に障り、心の中で格好つけやがってと毒づいた。

「……その格好は？」

顔を上げた鴻上が、眉根を寄せて冬樹を見上げた。

「パジャマだけど？」

「そんなのは見ればわかる。バスローブがあっただろうって言ってるんだ」

確かにあったが、あの格好は裸同然で落ち着かない。それにいかにも、今からやるという感じもして、気が進まなかった。

「何を着ようが俺の勝手だろう。お前いちいちうるさいぞ。小姑《こじゅうと》か」

突っ立っているのと気後れしているように思われそうな気がして、冬樹はキッチンに行き、ワイングラスを持って戻り、鴻上の隣に尻ひとつ分空けて腰を下ろした。それからテーブルに置いてあるワインのボトルを摑み、グラスに注いで一気に飲み干した。

「そんな飲み方をしたら、また気分が悪くなるぞ。……ああ、なるほど。それが狙いか。気分が悪くなれば、俺が手加減してくれると思っているんだな」

冷ややかな笑みを浮かべながら嫌みを言う鴻上に、また苛立った。だが平常心だと言い聞かせ、できるだけ感情を込めずに言い返した。

「お前の口は嫌みしか言えないのか。これからセックスする相手を不愉快にさせるのが楽しくてしょうがないなら、性格が歪みすぎだろ」

鴻上は何か言いかけたが、冬樹は構わず言葉を続けた。

「この家の中ではお前が王さまかもしれないが、俺は言いたいことは言わせてもらうぞ。愛人だろうと言論の自由はあるはずだ」

きっぱり言い切ると、鴻上は不機嫌そうに黙り込んだ。一矢報いてやった。いい気分でワインをまた注いでいると、鴻上が言った
「それを飲んだら始めるぞ。今日は手加減しないからな」

ある種の決意を感じさせる強い口調だった。昨日は手でされただけで済んだが、今夜はそういうわけにはいかないだろうと覚悟はしていたものの、あらためて言われると緊張してきた。もっとたっぷ

りワインを注いでおけばよかったと後悔しつつ、できるだけゆっくり飲み始める。

だが魔法のグラスではないから、すぐに尽きてしまった。冬樹が空になったグラスをテーブルに置くと、鴻上も雑誌をテーブルに放《ほう》りだした。

「わざとちびちび飲みやがって、往生際の悪い奴だ」

そのとおりなので言い返せない。鴻上が尻をずらし、冬樹のほうに身を乗り出してきた。心拍数が一気に跳ね上がる。何をされても動じまいと思っていたが、いきなり鴻上の顔が目の前に近づいてきたので、思わず後ろに仰《の》け反《ぞ》って逃げてしまった。

「……おい」

鴻上の不機嫌な顔を見ながら、「しょうがないだろっ」と言い訳した。

「何がしょうがないんだ」

「だって、お前、キスしようとしただろ？」

「……それが？」

「ふざけるなよっ。男同士でキスなんて——」

鴻上は大きな手で冬樹の顎をグッと摑み、「ふざけてるのはそっちだ」とすごんできた。

「男同士で愛人契約を結んでおいて、今さら何を言ってやがる。キスくらいでいちいち騒いで、お前は純情ぶった女子高生か」

気持ち悪いから嫌だと言っただけなのに、純情の問題にされてしまった。屈辱だ。

「キスひとつさせないような愛人だったらいらない。契約解消だ。どうする？」

強く顎を摑まれたまま、軽く頭を揺さぶられた。くそ、と思ったが、キスくらいで契約を解消してしまったら、昨夜の我慢も無駄になる。冬樹は鴻上の手を振り払った。

「わかったよ。キスでもなんでもすればいいだろう。とっととやれよ」

「……気に食わないな。愛人のくせに態度がでかすぎる」

うなるような低音で言ったかと思うと、鴻上は両手で冬樹の頰を強く挟み込んだ。突然の行動に息を吞みながらも、怖じ気《おけ》づいた姿を見せたくなくて、目の前にあるきつい瞳を瞬《まばた》きもせずにらみ返す。しばらく無言でのにらみ合いが続いた。

「舌を出せ」

「……は？」

「舌を出せって言ってるんだ。早くしろ」

せっつかれて、わけがわからないまま舌先を出した。すると鴻上は顔をグッと近づけてきて、冬樹の舌を嚙んだ。軽い力だったが、思いもしない行動にギョッとした。

「な、何するんだ、変態っ」

「こんなの変態のうちに入るか。お前は舌を出してじっとしてろ。嫌なら契約解消――」

「わかったよ！　わかったから、いちいち契約解消って言うな。イラッとする」

やけくそ気味に舌を突き出すと、今度は鴻上の舌で舐められた。ヌルヌルと動く舌の柔らかな感触はあまりに生々しく、息が止まりそうになる。鴻上は舌を絡ませながら、冬樹の反応を伺うように見ている。近すぎる距離からの視線に耐えきれず、思わず瞼《まぶた》を閉じた。

なんなんだ、これは。出した舌を噛まれたり舐められたり、こんなのただのキスより恥ずかしすぎる。キスを拒まれた腹いせでやっているに違いない。

頬を両手で挟まれているから少しも動けない。鴻上はひとしきり冬樹の舌を舐めたあと、自分の口腔《こう》内に引き入れ、強く吸い上げた。舌先がビリッとする。痛みにも似た感触に気を取られているうち、気がつけばふたりの唇はぴったりと合わさっていた。舌をしゃぶられながら、唇まで舐められたり甘噛みされたりする。

こうなると、もう完全に普通のディープキスだ。口を閉じることも許されず、唇を一方的に貪られる。こんなキスは初めてだ。女性とのキスは冬樹が主導権を握ってきた。相手から奪われるだけのキスなんて、一度も経験したことがない。

唾液でぬるついた唇が深く合わさるたび、何か得体の知れない感覚に捕らわれる。嫌悪ならいいが、それは違っている。身体の奥底から湧き上がってくるのは、確かに興奮だった。

鴻上にキスされて興奮している。そんな自分が許せなくて、咄嗟に胸を強く押しやった。

「なんだ？」

「……し、しつこいから、顎が痛くなってきた」

適当な口実でいったんキスを中断し、唾液に濡れた唇を手で拭った。

「この程度でしつこいって、お前、普段女とどんなキスをしてるんだ？」

鼻先で笑われても、言い返す気にはなれなかった。正直言って、女性とこれほど濃厚なキスをしたことがない。鴻上のキスは単なる愛撫というより、相手の舌や唇を食べ物のように味わっているみたいだ。

「まだ途中だ。こっちを向け」

また顎を掴まれ、今度はダイレクトに唇が重なってきた。二度目のキスは鴻上の舌が冬樹の中に入ってきた。自分の内側を動き回る鴻上の舌に、どう反応していいのかわからない。自分から絡めるなんて無理だし、かといって逃げ回るのも情けない。結局、されるがままだ。

舌の奥まで舐められ、口蓋《こうがい》まで辿られる。初めて知る感覚に背筋がゾクゾクし、鼻から変な声が漏れそうになった。口の中を刺激されているだけなのに、全身をもみくちゃにされたみたいで、息は乱れるし頭の芯《しん》はぼんやりするしで、何も考えられなくなる。

鼻でちゃんと呼吸をしているはずなのに、酸欠になったみたいに頭がくらくらしてきた。もう勘弁してくれと弱音を吐きかけた寸前に、長いキスからやっと解放され、ほっと息をついた。だがそれで終わるはずもなく、すぐにあらたな刺激が待っていた。

鴻上の唇は顎から首筋、鎖骨へと下がっていく。同時にパジャマのボタンを外され、前を全部開かれた。鴻上の唇はあらわになった肌の上を這《は》い回り、冬樹の乳首に辿り着いた。左の乳首を舌でくすぐるように舐められ、右の乳首を指の腹で撫でられる。優しい愛撫に頬がカッと熱くなった。まるで女性の乳首を愛撫するようなやり方だ。

男なんだから乳首なんかで感じるわけがないと思っていたのに、予想とは裏腹の結果になった。鴻上の執拗な愛撫に、刺激された部分から疼《うず》くような快感が芽生えてきたのだ。ヌルヌルと舐められると身体の奥深くから何かが込み上げてきて、声が出そうになる。指で摘まんだりこねられたりすると、先端からピリピリと電気のような快感が湧いてくる。

「……やめろ、くすぐったい……、男の乳首なんか弄《いじ》って、何が楽しいんだ」

このままだと本当に声が出ると思い、鴻上の肩を押しやった。鴻上はいったん顔を上げ、冬樹の耳もとで囁いた。

「楽しいとか楽しくないとか、そういう問題じゃないだろ。セックスなんだから、相手が感じる場所を愛撫するのは当然のことだ」

「だったらやめろよ。そんなところで感じるわけがない」

鴻上は「へえ」と呟き、冬樹の股間に手を伸ばした。半勃《だ》ち状態のペニスをギュッと握られ、息を呑む。

「感じてないのか？　これで？　俺には乳首を弄られて勃起したように見えるけどな」

「別に乳首のせいじゃ……」

言い合うほどに羞恥が増してくる。余計な口を挟むんじゃなかったと後悔した。

「本当に往生際の悪い奴だな。乳首くらいでガタガタ言うな」

器の小さい男だと責められているようで悔しくなった。もう何も言うまいと決めて口を閉ざすと、鴻上はまた乳首への愛撫を再開させた。やはり刺激されると快感が湧いてくる。男なのに、男に乳首を舐められ感じている。その現実とどう向き合っていいのかわからない。

尖らせた赤い舌で小さな粒をねっとり転がされると、腰がもじもじしてきて困った。どうしてもじっとしていられなくなるのだ。それにペニスもさっきより硬くなり、パジャマのズボンの前がそうとわかるほど張ってきている。

恥ずかしい。情けない。悔しい。だけど気持ちいい。気持ちがいいから恥ずかしい。情けない。悔しい。ループする感情が絡み合い、頭の中がぐちゃぐちゃになる。

鴻上は嫌がらせのように胸をさんざん愛撫してから、ソファーを降りて床に跪いた。

「腰を浮かせろ」

冬樹の両足の間に身体を割り込ませた鴻上は、下着とパジャマをグイッと引き下ろした。下半身が剝き出しになり、立ち上がった雄も鴻上の眼前に晒される。昨夜も見られたが、明るいリビングだとまた違った恥ずかしさを感じた。

鴻上の頭が股間に落ちてきた。ペニスに吐息が触れ、ギョッとして反射的に手で頭を押しやった。鴻上は自分の頭を摑んでいる冬樹の手を、そっと引き剝がした。また文句が飛んでくると思ったが、鴻上は黙って冬樹の顔を見上げながら、摑んだ手を自分の顔に持っていき、手のひらに唇を押し当てた。

たかが手にそっとキスされただけなのに、心臓が痛くなるほどの衝撃を受けた。鴻上は唇を離し、冬樹の手をじっと見つめてから、おもむろに人差し指を口に含んだ。

「な……っ」

引き抜こうとしたが、思いのほか強い力で手首を摑まれていて、びくともしなかった。根もとまで呑み込まれた人差し指。鴻上の口腔は熱かった。人差し指はその熱い内側で舐められ、しゃぶられていく。

次は中指。その次は薬指。同じように丹念に舐められる。ただ指を舐められているだけなのに、恐ろしくエロティックな光景に見えた。

指をしゃぶる鴻上の顔の下には、勃起した冬樹のペニスがある。放置された性器と、愛撫される指の対比。あえてそれを見せつける鴻上のいやらしさ。いろんなものが相まって強烈な刺激となり、頭がくらくらしてきた。

鴻上は最後に小指を舐め、仕上げとばかりに指先を強く嚙んだ。もちろん怪我《けが》をするほどではないが、柔らかな感覚が続いたあとの硬い痛みは、思いがけない快感の呼び水になり、冬樹は思わずギュッと目を閉じた。

「……やっぱりお前は変態だ」

非難でも文句でもなく、事実として言ってやった。男の指をこんなふうにいやらしく舐める男が、変態でなくてなんだというのだ。

「その変態に指を舐められて感じているお前は、なんなんだ？」

うっすら笑った顔は、どこか楽しげだった。

「お前が憎まれ口を叩くのは、感じている自分を認めたくないからだろう。だけど否定したってしょうがない。刺激されて感じるのは自然な反応だ。自分自身に抵抗したって辛くなるだけだぞ」

自分自身に抵抗——。そう言われて混乱した。鴻上に抵抗しているつもりでいたのに、この状態は自分に抗《あらが》っているだけなのか？　けれど鴻上から与えられる快感を、素直に甘受するなんてことはできるわけがない。

鴻上がペニスを摑んだ。すぐに唇が触れ、赤い舌が竿《さお》を舐め上げていく。溶けたアイスキャンデーを舐めるかのように、下から上へと何度も何度も。

指を舐められたことのほうが衝撃すぎて、思ったほどのショックは受けなかった。ただ息が詰まるような快感に襲われただけだ。

「ん……っ」

喉《のど》が鳴った。冬樹のそれは痛いほど張り詰め、反り返っている。鴻上が手を離すと反動の勢いで自分の腹を打ちそうなほどだ。

鴻上は時間をかけて輪郭を舐め終えると大きく口を開け、赤く息づく冬樹の雄を口の中に含んだ。全体を温かい粘膜で包まれ、ブルッと腰が震えた。鴻上は強く吸い上げながら、竿を唇で扱き始めた。

「ん……あ、はぁ……っ」

歯を食いしばっても声が出てしまう。気がつけば、無意識のうちに手の甲で口を塞いでいた。鴻上は頭を大きく上下させ、激しく追い立ててくる。薄目を開けて鴻上の様子を盗み見ると、鴻上はひたすらフェラチオに没頭していた。

なんなんだ、こいつは。何が楽しくて、そこまで真剣にやってるんだ。俺にフェラチオさせて喜ぶならまだしも——。

「……っ、鴻上、もう……っ、離せっ」

激しい口戯の前に、冬樹の我慢も限界だった。抑えきれない衝動がせり上がってくる。

「離せって……っ」

頭を押しやったが、邪魔だというように手首を掴まれた。

まさか口の中に射精しろというのか？　冗談じゃない、そんな真似。

「鴻上、本当にもう出る……っ、離してくれ……っ」

絶対に嫌だと思ったが、鴻上の激しいフェラチオには抗えなかった。我慢しきれず、鴻上の口の中に放ってしまった。こらえた分、反動も大きかった。絶頂の瞬間、頭の中に白い火花が散るような激しい快感に襲われ、呼吸は止まり、思考も停止した。

「は、ん……っ、あぁ……っ」

身体はビクビクと震え、腿《もも》に力が入りすぎて引き攣《つ》りそうになる。射精したあとも最後の一滴まで搾り取るように、口腔の中で強く吸い上げられ、また腰が震えた。冬樹の身体の震えが完全に収まってから、鴻上はやっとペニスを解放した。

何食わぬ顔でひと息ついている鴻上が、信じられなかった。

「……飲んだのか。本物の変態だな」

息を切らしながら毒づいた冬樹を見上げ、鴻上は「面倒臭い男だな」と言い返した。

「何をしても変態呼ばわりか。じゃあお前にも、変態になってもらおうじゃないか」

ギクッとした。まさか同じことをしろと言うのか。

「無理だ。飲めない。それだけは勘弁してくれ」

「何がそれだけは、だ。まだなんにもしていないくせに、いろいろやらされたみたいな言い方をするな。まあいい。ソファーに横になれ」

そう言うと鴻上は、スウェットのズボンから小さなボトルを取り出した。

「なんだ、それは」

「ローションだよ。仰向《あおむ》けになれ」

嫌な予感を覚えながら仰向けになった。床側の足を押し曲げられ、座面側の足をソファーの背に乗せられた。早い話が股を大きく開かされる格好だ。鴻上は足側に座って、ローションの蓋《ふた》を開け始めた。これはもう間違いない。

「鴻上、飲むのは無理だけど、フェラチオならしてやる」

「そうか。だったら明日してくれ」

鴻上が手のひらに落としたのは、とろりとした粘液質の液体だった。人差し指と中指でたっぷりとすくい取り、奥まった部分に塗りつけてくる。触れられた瞬間、そこがキュッと窄《すぼ》まった。

嫌だと思ったら身体が勝手に動き、足の裏で鴻上の肩を押しやっていた。鴻上は眉尻をピクッと跳ね上げ、冬樹の足首を摑んだ。

「なんだ？　足の指も舐めてほしいのか？」

本気でやりそうだったので、慌てて足をどけた。

「いちいち愚図《ぐず》るな。指を入れるだけだ。じっとしてろ」

言い聞かせるように言われて唇を噛んだ。嫌がれば嫌がるほど情けない気持ちになっていく。覚悟を決めて愛人になったのだから我慢するしかない。

冬樹は目を閉じた。きつく閉ざした場所を、指がそっと撫でてくる、ローションのせいでヌルヌルとして気持ち悪い。

「身体の力を抜け。普通にしていれば、指くらいじゃなんの痛みもない」

そう言われても触られると勝手に力んでしまうのだ。仕方なくゆっくり呼吸して、身体の力を抜く努力をした。何度目かの深呼吸のあと、濡れた指が不意にするっと入ってきた。痛みはないがものすごく違和感がある。誰にも触られたことがない自分の内側に、鴻上の指が収まっているのだ。

「締めつけるな。俺の指を食いちぎる気か」

食いちぎれるものなら食いちぎってやりたかった。また意識して力を抜くことに集中する。鴻上の指が狭い筒の中で動いているのがわかる。少し乱暴に動くと入口はかすかに傷んだが、それよりも得体の知れない感覚のほうが怖かった。

ローションのせいで指が動くたび、クチュクチュと濡れた音が響く。まるで感じて濡れている女性の部分みたいで恥ずかしい。

指がグッっと動いて、どこかを強く押してきた。

「あ……っ」

大きな声が出た。口を押さえたが、鴻上の指がまた動き、次も声が出そうになった。

なんだ、これは。こんな感覚は初めて味わう。刺激されると反射的に声が出てしまう。

「気持ちいいだろう？」

鴻上がうっすら笑っている。手を小刻みに動かし、さっきの場所をまた弄ってくる。

奥深い場所から初めて味わう快感が、泉のようにとめどなく湧いてきた。冬樹は何度も息を詰め、身体をビクビクと震わせた。

「やめ……なんで、こんな……っ、俺の身体に何をしてるんだ……？」

「前立腺マッサージだよ。聞いたことくらいあるだろう？　前立腺は男のGスポットだ。弄られれば気持ちよくなる。慣れてくると、ここだけの刺激で射精もできる」

聞いたことはあるが、そんな行為は特殊な風俗でだけ行われるものだと思っていた。まさか自分が施される立場になるなんて――。

「ん、ふぅ……はぁ……あ……っ」

どうしよう。気持ちいい。たまらなくなってきた。ねっとりした快感の蜜《みつ》が、腰の奥からじわじわ染み出してくるみたいだ。その蜜に全身を搦《から》め捕られ、快楽の海に溺《おぼ》れそうになる。

鴻上の指一本に支配されている。指の先でそこを擦《こす》られているだけなのに、まったく身動きも取れない。与えられる快感が強烈すぎて、まともな思考はとろけて崩れていく。

もっと擦ってほしい。そこを強く刺激してほしい。冬樹の肉体はそれだけを求めていた。甘い蜜を欲しがる身体は、今この瞬間、鴻上の指だけを求めている。ソファーの背に載せた足は、いつしか胸の上で折りたたまれていた。自分から進んで恥ずかしい場所を晒している。

「や、あ……鴻上、……いやだ、はぁ、駄目だ、こんなの……やめてくれ……、あ、ああっ」

何を言っているの自分でもわからない。理性はやめさせたがっているが、肉体は求めている。その狭間で感情は棚上げされ、口から出る言葉も意味をなさない。

「気持ちいいんだろ？　本当にやめてもいいのか？」

意地悪な質問なのに、囁く声はいつになく優しかった。だから指の動きが止まった時、正直に「嫌だ」と首を振っていた。

「どっちの嫌なんだ？　やめてほしい？　やめないでほしい？」

鴻上はそう囁くと、指を内部に埋めたまま上体を倒し、冬樹のペニスを舐めてきた。半勃ちだったそれは、甘い刺激に反応してまた大きさを変えていく。

やめないでほしい。指を動かして、もっと触ってほしい。

そう思ったが口にできない。こんな状態で意地を張ってもしょうがないのに、どうしても言えなかった。鴻上に対して、そんな恥ずかしい言葉を言いたくない。

冬樹の内心を読んだのか、鴻上が「言えないか」と呟いた。

「プライドの高さが邪魔をして、欲しいものを欲しいと言えないなんて可哀想《かわいそう》な奴だ」

馬鹿にするような言い方ならよかった。またいつもの嫌みだと聞き流せた。けれど鴻上の声には冬樹を憐れむような響きがあった。

「まあいい。今のお前は俺の愛人だ。自分の愛人には惜しみなく快楽を与えてやる」

身体を起こした鴻上は、奥まった部分を再び刺激し始めた。同時に反対の手で冬樹のペニスを軽く扱く。二重に奏でられる快感は強烈で、頭がおかしくなりそうだった。

「あ……ん、やぁ……っ、はぁ……く……っ」

二カ所から湧いてくる快感はいつしかひとつに溶け合い、どこをどう触られているのか、次第にわからなくなってきた。激しい快感に包まれて、もう為《な》す術《すべ》もない。ただ高みを目指し、身体はどんどん興奮へと疾走していくだけだった。

「は、ん、あぁ……っ」

ペニスは突然弾《はじ》けた。本当に突然すぎてびっくりした。二度目だから量は少なかったが、襲ってきた快感は、一度目の比ではなかった。射精したあとも頭の中が真っ白になったままだ。

呆然自失の冬樹を尻目に、鴻上がまたローションのボトルを手に取った。鴻上はズボンを下ろして勃起した自分のペニスをあらわにすると、自身にローションを塗りつけた。普通に考えれば目的はひとつだが、冬樹の思考は完全に停止していて、ただ鴻上のすることをぼうっと見ているだけだった。

鴻上が自分のそれを、さっきまで指を入れていた場所に押し当てる。

「かなり柔らかくなっているから、そのまま力を抜いていれば痛くはないだろう」

意味がわからなかった。

柔らかい？　何が？　痛くはない？　どこが？

けれどぼんやりした冬樹の頭に、突然、ある記憶が蘇ってきた。鴻上にレイプされた、あの時の記憶だ。

頭からかけられた布団。手足に食い込んだビニール紐。何も見えない中で襲ってきた激痛。殴られたショック。

「嫌だ……っ！」

時間が巻き戻って、今もあの瞬間にいるような錯覚に襲われた。理屈ではない恐怖を感じ、冬樹は身体を回転させてソファーから転げ落ちた。そのまま膝で這って逃げ、ソファーと壁の間に身体を押し込む。

「水城……？」

鴻上が近づいてきたが、膝を抱えて「来るなっ」と叫んだ。

「嫌だ、触るな……っ、俺に触るな！」

「お前、この期に及んでそれはないだろう。何をふざけているんだ。出てこい」

溜め息をついた鴻上だったが、冬樹の尋常ではない嫌がり方が芝居ではないと気づいたのだろう。表情を険しくして、「本気で嫌がってるのか？」と尋ねてきた。

冬樹は「本気だ」と答え、鴻上をにらみ上げた。

「ほ、他のことはなんでもする。でもそれだけは嫌だ。できない。頼むから勘弁してくれ。頼むから……」

冬樹の目には涙が浮かんでいた。泣きたいわけでも涙を見せたいわけでもない。なのに感情が高ぶりすぎて、勝手に涙が出てくる。

鴻上にレイプされた心の傷は、まだ癒えていなかった。触られて気持ちよくなったし、たまらなく感じてしまったけれど、その行為だけは受け入れられない。

「なんでもする覚悟で愛人になったんじゃないのか？」

「そ、そうだけど……。でも無理なんだ。どうしてもしたくない」

きっとまた契約を解消すると言い出すに違いないと思った。今度ばかりはもう駄目だ。解消に応じてしまうかもしれない。

だが意外なことが起きた。鴻上が「わかったよ」と折れたのだ。

「そんなに嫌なら今夜はしない。ひとまずソファーに戻れ。ほら」

腕を差し出され、迷ったがその手を摑んだ。グイッと引き上げられる。

「ったく本当に面倒臭いな、お前って男は」

言い返す言葉もないまま、またソファーに座らされた。鴻上は明らかに怒っている。

「……手を貸せ」

並んで座った鴻上はスウェットのズボンを下ろし、幾分、硬度を失った自分のペニスに、冬樹の手を導いた。ペニスを握ると、その上から大きな手が重なってきた。鴻上はやけくそのように手を動かし始めた。自分で動かすなら俺の手はいらないだろうと思ったが、文句を言える立場でもないので、鴻上が達くのを待った。

鴻上はほどなく射精し、不機嫌そうに無言のまま腹の上に落ちた白濁をティッシュで拭い取った。満足できなかったのは聞くまでもないことだった。

6

「ＢＣＭは動きませんね。すぐにでもＴＯＢをかけてきそうな印象でしたのに」

定例会議が終わって社長室に戻る途中、エレベーターの中で新田が言った。もちろん周囲には誰もいない。

「時間を置くほど向こうは不利になるのに、何か狙いでもあるんでしょうか？」

「どうかな。だがうちにとっては有り難い状況だ」

決して顔に出すような真似はしなかったが、腹心の新田に事実を黙っているのは心苦しかった。だが愛人契約を結んで鴻上から一か月の猶予をもらったことは、口が裂けても言えやしない。

ＴＯＢに備えて発足させたプロジェクトチーム主導で、敵対的買収に向けての社内の体制はまとまりつつある。ＴＯＢに対する防衛策の導入など、できるだけの措置を取ることで役員の意見も一致した。だが実際問題、ＴＯＢが始まってみなければ、どの防衛策がどれだけ機能するかは予測がつかない部分もあるし、今の状況で確実に打てる手は限られている。

算出した株価のフェア・バリューは、予想したとおり現状の市場株価を大きく上回っていた。ギャップを埋めるために、冬樹はただちにＩＲ、すなわち投資家向け広報を徹底していく決定を下した。取り急ぎホームページのＩＲコーナーを充実させ、他にも投資家やアナリストに向けた中期経営計画会の開催も決めた。

だがそれらはすぐに結果の出る対策ではない。やはり一番効果があるのは、余剰キャッシュを配当に回すことだ。そうすれば確実に株価は上がる。だがこれに関しては役員たちもさすがに慎重な態度を見せ、ＴＯＢが開始されてからの対応でもいいのではという意見も出て、話はまとまらなかった。

七時過ぎに仕事を終えた冬樹は、その足で健造の入院している病院に向かった。いつ急変するかわからないものの、どうにか小康状態を保っている。ただ痛み止めの薬のせいか、意識が朦朧としていることが多く、見舞いに行っても会話らしい会話は難しくなる一方だった。

話はできなくても、こうして生きていてくれるだけで嬉しい。冬樹はむくみが出ている健造の足を、時間をかけてマッサージした。

「冬樹……すまないな」

ぼんやりした顔で健造が礼を言う。冬樹が「力加減は大丈夫ですか？」と尋ねると、健造はかすかに頷いた。そのまま足を揉み続けているうち、静かな寝息が聞こえてきた。

来た時は険しい顔で眠っていたが、今は穏やかな寝顔に見える。起こさないように足音をひそめて病室を出た。

社用車は返したので電車で帰宅した。電車に揺られながら窓を眺めていると、自分の疲れた顔が映っていた。見つめていると思考はどんどん内側に向かっていき、取り留めのないことばかり考えてしまう。

会社のこと、健造のこと、実家のこと、そして鴻上のこと。昨晩、鴻上が引き下がってくれたのは意外だった。さぞかし不満だったろう。冬樹だってベッドインした女性が、最後の最後になって急にセックスを拒んできたら、相当がっかりするし、きっと腹も立つ。

意外と優しいところもあるのだろうかと思ったが、すぐにそうじゃないと考え直した。あれは思いやりでもなんでもない。本気でやりたければ、あの夜のように強引に抱いていたはずだ。無理矢理でも抱きたいと思うほどの強い欲望が、単になかっただけだ。

電車を降りて自分のマンションに向かって歩きながら、冬樹は重い溜め息を落とした。また鴻上の部屋に行かなくてはならない。行けば触られる。触られるだけならまだしも、また昨日みたいなキスをされるのかと思ったら、とことん気が滅入ってきた。あんなキスは、自分の恋人にだけすればいいのに。

自分の部屋に入り、着替えながら予想する。行けば今夜こそ最後までセックスすることになるだろう。昨日は取り乱してしまったが、今日はもうあんな不様な姿は見せたりしない。心を無にして乗り切ってやる。

ただ問題がある。というより心配と言ったほうが正しい。万が一、鴻上に挿入されて感じてしまったらどうしよう。昨晩、指で刺激されて快感を覚えてしまったのだ。絶対にないとは言い切れない事態だ。

自分で自分がわからなくなる。レイプされてアナルセックスへの恐怖心は確かにあるのに、加害者である鴻上にその場所を弄られ、身も蓋もないほど感じてしまった。快楽に弱いほうだと思っていなかったが、自覚がなかっただけで実際は恥ずかしい男だったらしい。鴻上よりも自分を嫌いになりそうだった。


ドアを開けて鴻上の部屋に入ると、玄関に女物の靴があった。淡いピンク色のハイヒールだ。客が来ているのだろうかと思いながら靴を脱ぐ。伺うようにリビングのドアを開けると、ソファーに若い女性が座っていた。

タイトスカートにノーカラーのツイードのジャケットを来た女性はスマホを弄っていたが、冬樹に気づくとにっこり微笑んだ。

「こんばんは。お邪魔しています」

「……どうも」

突っ立っているわけにもいかないので、なんとなくキッチンに入った。冷蔵庫に入っていたミネラルウォーターのペットボトルを取り出し、飲みながら女性をこっそり伺う。かなりの美人だ。それに色っぽい。

「拓真なら、寝室で着替えていますよ」

冬樹の視線に気づいたのか、女性がスマホから顔を上げて教えてくれた。

「災難でしたね。お部屋、水浸しになって大変だったでしょう?」

「え?」

意味がわからず聞き返したら、女性は「あら、違いました?」と怪訝《けげん》な顔つきになった。

「上の部屋が火事になって、そのせいで拓真の部屋にしばらく居候することになったんじゃ?」

「あ、ええ、そうです。そうなんですよ。もう大変で」

鴻上の嘘の説明だと気づき、どうにか口ぶりを合わせた。

「私、拓真の友人の三笠真梨《みかさまり》です。今日はこれから一緒に食事することになってて」

「ああ、なるほど」

愛想笑いを浮かべた時、寝室のドアが開いて鴻上が出てきた。スーツ姿ではなく、ノーネクタイのワイシャツにジャケットを羽織っている。ラフだがセンスのある着こなしだった。

「真梨、待たせたな」

「いいのよ。じゃあ、行きましょうか」

女性は立ち上がり、冬樹に会釈して玄関に向かった。そのあとに続こうとした鴻上の背中に、「おい」と小声で話しかけた。

「何時に帰ってくるんだ？」

「今夜は帰ってこないかもしれない」

それならそれで構わないが、だったら冬樹がこの部屋にいる意味がない。

「なら俺も帰るぞ。構わないだろ？」

「駄目だ。お前はうちにいろ。そういう契約だろう？」

理不尽すぎると言いたかったが、鴻上はさっさと廊下に出てしまった。女性がいるので追いかけて文句を言うわけにもいかず、悔しさを嚙みしめた。

自分は女と外泊してくるのに、冬樹には家にいろと言う。勝手すぎる言い分だ。しかし考えようによっては、今夜は鴻上とセックスしなくてすむのなら、むしろラッキーなのではないかと気づき、むしゃくしゃする気分にどうにか折り合いをつけた。

鴻上は結局帰ってこず、顔を合わさないまま朝になって自分の家に帰った。

翌日も似たようなことが起きた。夜になって鴻上の部屋に行くと本人は不在で、「遅くなる」というメモだけが残されていた。いっそのこと回れ右して帰ってやろうかと思ったが、鴻上が帰宅した時にいなければ、今から来いと呼び出される可能性もある。二度も来るのは馬鹿馬鹿しいから我慢して、その夜もひとりで鴻上の部屋で過ごした。

鴻上はまた帰らなかった。二日続けての外泊だ。だんだんと単なる夜遊びではなく、嫌がらせに思えてきた。やはり鴻上は自分に魅力を感じておらず、セックスだって本当はどうでもいいのだ。愛人にしてしまったので仕方なく抱こうとしたのに、拒否されて頭にきた。その腹いせで放置しているに違いない。

セックスの相手をしなくて済むのは歓迎すべき事態なのに、鴻上の姑息《こそく》さが気に食わなくて、苛立ちは高まる一方だった。

三日目の夜、部屋を訪ねたら、今度は女ではなく男がいた。髪を明るく染めた二十代半ばくらいの男は、ソファーに座ってテレビを見ながら、楽しそうに「うっそ、ないない」と突っ込みを入れて無邪気に笑っていた。

男は冬樹の顔を見るなり、「あ、火事の人?」と言った。

火事の人——。鴻上は一昨日の女性にしたのと同じ説明を、この男にもしたらしい。それにしても火事の人ってなんだ。もう少しまともな言いようがないのか。

「拓真の友人なんて初めて見るなぁ。へー」

無遠慮にじろじろ眺められていい気はしない。冬樹は儀礼的な笑みを浮かべた。

「すみませんが、どちらさまでしょうか?」

男は「上木章吾《うえきしょうご》です」と名乗った。アイドルのような可愛い顔をしているが、服装や雰囲気は売れないミュージシャンみたいだった。

「バンド組んでギター弾いてます。一応プロなんです。つっても全然売れてないけど」

あっけらかんと言い放つ。まんまそうだった。章吾が「まあ、座ってください」とソファーの座面を叩いたので、仕方なく隣に腰を下ろす。

「名前、えーっと、なんでしたっけ？　みず……？　拓真に聞いたけど、忘れちゃった」

「水城です」

「あーそうそう、水城さんだ。拓真と同じ高校なんでしょ？　じゃあ、長いつき合いですね」

人好きのする笑顔を浮かべて話してくる。不躾《ぶしつけ》だが、憎めない雰囲気のある男だ。

「長いって言っても、鴻上はずっとアメリカだったし」

居候させてもらうほど親しい間柄という設定なのを忘れ、うっかり真面目に答えてしまった。誤魔《ごま》化《か》すように「鴻上はどこに？」と尋ねた。

「今、書斎で電話してます。仕事の用件みたいで。……それにしても遅いな。あ、これから一緒にメシ食うんですよ」

嬉しそうに話す章吾の顔を見て、鴻上に好意を持っているのはすぐわかった。日本に帰ってきてからは女としか寝ていないと言ったが、嘘だったらしい。ちゃんと男のセフレもいたのだ。

「章吾、悪い。行こうか」

書斎から出てきた鴻上は、冬樹と目も合わせず「出かけてくる」とだけ告げた。

「もう待ちくたびれたよ。腹ぺこぺこ」

「店に着いたら好きなものを好きなだけ注文しろ」

「やったーっ。じゃあ遠慮なく食べちゃうからね。拓真お兄ちゃん、最高！」

章吾がふざけて腕を組んだが、鴻上は笑って好きにさせている。章吾を見る目は愛《いと》おしげだ。

ふたりが楽しげに出かけていくのをにこやかに見送ったが、玄関のドアが閉まる音を聞くなり、溜まりに溜まっていた怒りが爆発した。

「ふざけやがって……っ」

ソファーのクッションを摑んで、床に叩きつけた。人を馬鹿にするにもほどがある。冬樹を無視して、わざわざ他の愛人を家に呼んで見せつける、そのいやらしいやり方が気に食わなかった。お前には愛人としての価値なんてないと、面と向かってはっきり言われたほうがましだ。

今夜こそ帰ってやると思って玄関に向かったが、靴を履きかけたところでスマホが鳴った。電話をかけてきたのは、友人の倉持遼介だった。

「もしもし、遼介か？　この前はすまなかったな」

同窓会以来の連絡だった。遼介は「今、暇か？」と尋ねてきた。

「時間があったら、ちょっと飲まないか。品川にいるんだ」

迷ったが行くことにした。明日は土曜日で仕事は休みだし、このまま家に帰ってもむしゃくしゃするだけだ。遼介と飲めば少しは気も晴れるだろう。

何度か一緒に行ったことのあるバーで待ち合わせることになった。店に着くと遼介はカウンターで飲んでいて、冬樹に「急にすまないな」と謝った。

「いや、いいけど。珍しいよな。お前が突然飲みに誘ってくるなんて」

冬樹は椅子《いす》に腰を下ろしてから、バーテンダーにビールを注文した。遼介とは前もって約束してから飲むことがほとんどだ。

「うん、なんとなくお前と飲みたくなってさ。ちょうど品川で用事もあったし」

どことなく浮かれた様子だ。何かいいことでもあったのだろうか。

「遼介、なんだか顔がにやけてないか？」

「え？　そ、そうかな？」

「……怪しいな。もしかして彼女でもできたのか？」

図星だったらしい。遼介は苦笑しながら「そんなに顔に出てるかな？」と顔を撫でた。遼介は二年ほど前に恋人と別れて、それ以来ずっとひとりだ。久しぶりに恋人ができたのが嬉しくて、冬樹に話したくなったのかもしれない。

「やっぱりな。で、どんな子だよ」

「貿易会社で働いてる子で、年齢は二十九歳。実はまだ知り合ったばかりなんだけど、俺のほうが一目惚れしちゃって、押しまくってＯＫもらえたんだ」

「へえ、お前って慎重なタイプなのに、よっぽど気に入ったんだな」

ビールが運ばれてきたので、乾杯して飲み始める。遼介は「自分でも驚いてるよ」と照れ臭そうに言った。

「美人なんだけど、顔だけじゃなくて雰囲気がまたいいんだよ。性格も明るくて朗らかだし」

「そんないい子と、いったいどこで知り合ったんだよ」

何げなく聞いたら、思いがけない答えが返ってきた。

「それが鴻上の紹介なんだ」

「鴻上の……？」

「ああ。同窓会でゆっくり話せなかったから、あのあと、あらためて鴻上と一緒に食事をしたんだ。そしたら彼女が偶然その店にやって来てさ。そこで紹介されて知り合った。彼女はひとりで来ていたから三人で食事して、帰る頃にはもう惚れてた。幸い真梨ちゃんも俺のこと気に入ってくれたみたいで、それからは毎日のように電話して頑張った」

聞き覚えのある名前だった。一昨日、鴻上の部屋で会った女性も真梨といった。まさかあの時の女性なのか？

「その真梨ちゃん、鴻上とはどういう関係なんだ？」

「真梨ちゃんも孤児で、鴻上と同じ施設で育ったそうだ。鴻上は妹みたいな相手だって言ってた。真梨ちゃんも昔から相談に乗ってもらっていて、家族みたいに思ってるって」

それは本当なのだろうか。だとしたら真梨は鴻上の愛人ではないことになる。一昨日、一緒に出かけたまま帰ってこなかったから、てっきりそういう関係だと思い込んだのに——。

「昨日、鴻上と飲んで、真梨ちゃんとつき合うことになったって報告したら、すごく喜んでくれたよ。

ふたりして飲み過ぎて、あいつ、酔い潰れて俺の部屋に泊まっていったんだ」

それも驚きの事実だった。昨晩もてっきり女と一緒だと思っていたのに、遼介と飲んでいたとは。

「飲みながら、ふたりでお前のことも話したぞ」

「え……」

ギクッとした。よもや愛人契約を結んだなんてことは、まさか言ったりはしていないだろうが、鴻上が何を遼介に言ったのか心配になった。

「何を話したんだよ。気になるだろ。教えてくれよ」

冗談めかして探りを入れると、遼介は「いろいろだよ」とにやついた顔で答えた。含みを持たせた言い方をされると、ますます気になる。

「どうせ悪口だろ。鴻上は俺のこと嫌ってるから」

「は？　そんなわけあるかよ。あいつ、昔からお前のこと——あ、いや、今のなし」

慌てて口を閉じたので、「なんだよ。途中でやめるなよ」と肘で突いた。

「昔から俺のこと嫌ってた？」

「違うよ。その逆」

遼介は少し困った表情だったが、「まあ、もう時効だからいいか」と話しだした。

「鴻上、高校の頃、お前に気があったんだ。お前も薄々気づいてたんじゃないのか？」

すぐには返事ができず、グラスに視線を落とした。

「やっぱり気づいてたんだな。まあ、そりゃあそうか。俺が気づいたくらいだしな」

「……そんな露骨な感じでもなかったと思うけど」

遼介は「俺から見れば露骨だったよ」と笑った。

「鴻上は誰にも関心を示さない男だったのに、お前のことだけはよく見てた。それにたまにお前らの部屋に遊びに行くと、お前のくだらない冗談に受けて、普段はにこりともしなかったあの鴻上が声を上げて笑ってるんだから、嫌でもわかるさ。だからさ、俺、いつだったか鴻上に聞いたんだ。冬樹のことが好きなんだろうって。多分、冬休みに入る前くらいかな？」

「え……、お前、そんなこと聞いたのか？」

初めて知る事実に戸惑うばかりだった。誰にも知られてはいけない秘密の恋だと思っていたのに、一番身近な遼介に知られていたとは。

「聞いたよ。そしたらあいつ、素直に認めた。まさか正直に言うとは思わなかったから、聞いた俺のほうが驚いたけどな。ただ深くは触れてくれるなって雰囲気があったから、根掘り葉掘りは聞かなかった」

遼介は信頼できる男だ。他言しないと思って鴻上は認めたのだろう。誰にも知られたくない恋でも、誰かに知ってほしいと思う気持ちはどこかにあるものだ。冬樹もそうだった。もっとも冬樹は遼介に問われても、認めたりしなかっただろうが。

「……昨日一緒に飲みながら、ちょっと思ったんだけどさ。鴻上、まだお前のこと好きなのかもしれない」

「な、何言ってんだよ。そんなのあるわけないって」

「そうかな。昨夜の口ぶりからすると、その可能性はおおいにありそうだったけど」

冗談っぽい口調だったが、遼介は嘘を言わない男だ。そう感じたのは事実なのだろう。

「口ぶりって？」

「いや、はっきりとは言わなかったよ。でもそういうのって、なんとなくわかるだろ？　……ま、お前にすればいい迷惑か。昔から嫌いだもんな、そういうの」

冬樹も鴻上に想いを寄せていたことを知らない遼介は、そこでその話を打ち切った。そのあとは他愛のない話をしながら飲んだが、遼介が変なことを言ったせいで鴻上のことばかり考えてしまい、気が晴れるどころかもっと気鬱になった。

二時間ほどで遼介と別れ、鴻上のマンションに帰った。飲んでしまったので車には乗れない。だから仕方なく鴻上の部屋に戻るんだ。そう思って部屋に辿り着いたが、玄関の前に立ってから、車を置いてタクシーで自分の部屋に帰るという選択肢があったことに気づいた。

玄関のドアを見つめながら考える。どうしよう。このドアを開けて中に入るべきか、それとも自分の家に帰るべきか。どうせここにいても、鴻上は今夜も帰ってこないだろう。

無意味な時間を過ごしながら、また手に負えない苛立ちに振り回されるのだ。冷静に考えれば、不本意なセックスにつき合わなくてすむし、嫌いな男の顔を見ることもなく過ごせるのだから、むしろラッキーな状況なのに、あの男に無視されていると悔しくて、心が呆気なく掻き乱される。

冬樹はしばらくその場に佇《たたず》んでいたが、観念して部屋に入った。愛人契約を望んだのは自分だ。一か月間、夜はこの部屋で過ごすという条件を飲んだのも自分。鴻上は約束を守ってＴＯＢを延期している。だったら自分もこの部屋に帰るしかない。

案の定、鴻上はまだ帰宅していなかった。シャワーを浴びてパジャマに着替え、ソファーに腰を下ろし、深夜のくだらないバラエティー番組を見る。面白くもなんともない。

眠くなってきたので寝転がった。途端に瞼が重くなり、ものの数分で寝入ってしまった。

7

何かが頬に触れる感触で目が覚めた。瞬きしながら瞼を開けると、鴻上が立っていた。

「寝るならベッドに行け」

帰宅したばかりのようだ。冷ややかな眼差しを向けてくる男を見上げながら、冬樹は寝起きのぼんやりした頭で考えた。

——鴻上、まだお前のこと好きなのかもしれない。

それはないよ、遼介。お前の勘違いだ。好きな相手を、こんな冷たい目で見るやつはいない。

「……なんだ？　人の顔をボーッと見てないで起きろよ」

「やだ。ここで寝る」

拒否すると鴻上は驚いたような顔つきになった。さすがにこれくらいの反抗で、契約解消とは言い出さないだろう。

「ぐずるな。お前は子供か。ベッドに行け」

「やだって言ってるだろう。それくらいの自由は認めろよ」

鴻上は「そういうことか」と急ににやにやし始めた。嫌な予感がした。鴻上がこういう顔をする時は、大抵ろくでもないことしか言わない。

「俺が出かけてばかりで相手をしてくれないものだから、それで拗《す》ねているんだろう？　お前も案外、可愛いところがあるんだな」

「な……っ、ば、馬鹿か、お前は……っ」

聞き捨てならない言葉を投げつけられ、冬樹は勢いよく上体を起こした。

「気持ち悪いこと言うなっ」

「照れなくてもいい。お前は女王さま体質だからな。放っておかれるのが一番嫌なんだろう」

したり顔で頷く鴻上を見て、怒りが倍増した。

「ふざけんな！　何が女王さまだっ。勝手に決めつけるな。お前こそなんなんだよ。この部屋に俺を縛りつけておいて自分は帰ってこないなんて、人をどれだけ馬鹿にすれば気が済むんだ？」

「別に馬鹿になんてしてない」

「嘘だっ。お前はいつも俺を馬鹿にしてる。俺を見下して侮蔑して楽しんでる。俺のことが嫌いなのはわかってるけど、これだったらここにいる意味がない。約束だから契約が終わるまでは命令に従うが、無駄な時間を過ごすのはこりごりだ。俺は帰る。用がある時だけ呼び出してくれ」

立ち上がって歩きだそうとしたら、背後から手首を摑まれた。

「駄目だ、帰るな」

手を振りほどこうとしたが、強い力で摑まれて無理だった。

「俺が家に帰ってこなかったのは、嫌がらせなんかじゃない。お前が嫌がるから、一緒にいないほうがいいと思ったんだ。感謝してほしいくらいなのに、ひどい言われようだな」

意味がわからない。鴻上は何を言っているんだ？

「嫌がるって何をだ？」

「……それ、本気で聞いているのか？」

鴻上は眉間《みけん》に深いしわが刻まれる。

「あ……わかった。悪い」

思わず謝ってしまった。セックスのことを言っていると気づいたからだ。もっと正しく言うなら、アナルセックスのことだろう。

けれど今ひとつ納得がいかない。冬樹が嫌がるから家に帰ってこないというのは、論理的に嚙み合わない。わざわざ出かけなくても、しなければいいだけの話だ。それが難しいということは、つまり鴻上は自分としたいと思っている。そういうことなのか？

「まさか俺と本気でやりたかったのか？」

冷やかしではなく真面目に質問したのに、鴻上はからかわれたと思ったらしい。突然、怖い顔で冬樹の顎を鷲摑《わしづか》みにした。

「痛いっ、離せよっ。何怒ってるんだ？　やりたいならやりたいって言えばいいだろう。図星刺されたからって、逆ギレするなよ！」

「黙れ。途中まで感じまくっていたくせに、いざ本番になったら逃げだしやがって。そんな愛人失格のお前に、とやかく言われる筋合いはない」

逃げたのは事実だが、それを持ち出して責めてくる鴻上に、また腹が立った。冬樹は顔を大きく振って鴻上の手から逃れた。

「そんなにやりたかったなら、強引にでもやればよかったんだよっ。あとから恩着せがましいこと言うなんて卑怯《ひきょう》だぞ。なんなら、今やったらどうだ？　俺が泣こうがわめこうが、好きにすればいいじゃないか」

昔、俺にそうしたように――。続けてそう言いそうになったが、寸前で我慢した。昔のことは持ち出したくない。過去を引き合いに出したところで、自分がいっそう惨めになるだけだ。

「……わかった。お前がそこまで言うならやってやるよ」

地を這うような低い声だった。決意を秘めた凄《すご》みのある目つきを見た瞬間、しまったと思った。やばい。ものすごくやばい。思いきり挑発してしまった。

「来い」

鴻上は冬樹の腕を摑み、突進するような勢いで寝室へと向かった。引っ張られながら連れていかれ、ベッドの上に突き飛ばされる。俯せで倒れ込み、慌てて振り向いた。鴻上はあっという間に自分の服を脱いでボクサーブリーフ姿になると、冬樹を見据えてきた。

たくましい裸身が迫ってくる。咄嗟にベッドの上で後ずさったがすぐに体重をかけて押し倒され、動けなくなった。

「今夜はめそめそ泣いたって、途中でやめてやらないからな」

そう断言するなり鴻上は口づけてきた。相手を食らい尽くすかのような激しいキスだった。我が物顔で入り込んできた獰猛《どうもう》な舌に、内側すべてを占領され、一方的に蹂躙《じゅうりん》される。息もできないような口づけが終わると、鴻上の唇は喉に落ちた。今にも噛みちぎられるのではないかと思える荒々しい愛撫の前に、声も出ない。狼《おおかみ》か熊《くま》にでも襲われているみたいだ。

パジャマの前を開かれ、胸を愛撫されながら同時に股間を揉まれた。荒々しい手つきだ。そんな乱暴に触られて感じたりするものかと歯を食いしばり、襲ってくるすべての感覚をシャットアウトしようとした。

だけど駄目だった。前回より必死さを漂わせた鴻上の姿に、どういうわけか心を揺り動かされている。鴻上の本気の興奮が伝播《でんぱ》して、とても冷静ではいられなくなる。

気取った姿も余裕もかなぐり捨ててがむしゃらに求めてくる鴻上に、冬樹は再会してから初めて人間らしさを感じていた。

冬樹の性器が形を変え始めると、鴻上はパジャマのズボンと下着をグイッと引き下げた。股間が剝き出しになり、羞恥を感じる間もなく高ぶりを口に含まれる。最初から痛いほど強く吸われ、音が立つほど激しくしゃぶられた。ペニスはすぐに限界まで張り詰めて反り返った。

このまま口で達かされるのだろうかと思ったが、鴻上は不意に冬樹の腰を持ち上げ、股間の位置を高くした。恥ずかしい部分が天井を向く。何もかもが丸見えになる体勢を取らされ、頬がカッと熱くなった。

「いやだ、こんな格好、やめ——あっ」

全身が大きく震えた。窄まりに鴻上の舌を感じたからだ。粘膜の上をヌルヌルと這い回る舌の感触に全身が粟立《あわだ》ち、呼吸が止まった。

「そんなことするなっ、やめろ、鴻上……っ」

「今夜はやめないと言っただろう」

挿入行為は許可したが、まさかこんな恥ずかしい行為までされるとは思わなかった。蹴《け》り飛ばしてやりたいが、大口を叩いた手前、抵抗するわけにもいかず、冬樹は歯を食いしばって鴻上の愛撫に耐えた。

尖らせた舌先が、襞《ひだ》をかき分けるようにうねうねと動いている。触れられるたび括約筋《かつやくきん》に力が入り、入口が勝手に収縮する。ヒクヒクと震えるその部分を鴻上に見られているのが、死ぬほど恥ずかしかった。

「ん……ふ、んぅ……っ」

小さな部分を舐められているだけなのに、まるで全身を舐め回されているみたいな錯覚に陥る。目の前には自分の股間と、そこに顔を埋《うず》めて舌を動かす鴻上の顔が見え、その扇情的な光景にいっそう心を乱された。こんなのは恥ずかしすぎる。嘘だと思いたい。

鴻上は舌でアナルを責めながら、右手で冬樹の高ぶりを摑んで扱きだした。ペニスから生じる馴染みのある快感に集中しようとしたが、鴻上の舌が生み出す得体の知れない感覚は、あまりに強烈すぎて無理だった。

「あ……く、ん……や、もう……っ」

抉《えぐ》るように舐められるたび、全身がガクガクと震える。射精に繋がる刺激ではなく、行き着く先が見えない快感に、冬樹はただ翻弄《ほんろう》されるしかなかった。それは容易《たやす》く身を任せられるような快感ではない。だから身体が本能的に抵抗する。そして抵抗するほど感覚は研ぎ澄まされていく。

冬樹は初めて味わう感覚に喘《あえ》ぎ、震えながら、鴻上の行為が終わるのをひたすら待った。苦しい。変な体勢だし、感じすぎて息もできない。

もう勘弁してくれと懇願しそうになった時、ようやく鴻上は冬樹を解放した。ほっとしたのも束《つか》の間《ま》、鴻上はベッドを降り、サイドテーブルの引きだしからコンドームとローションを取り出して戻ってきた。

自分の怒張したペニスにスキンを装着している鴻上を見て、これからが本番なのだと思ったが、さっきの行為に心底ぐったりしてしまい、恐怖心を覚える気力さえない。

もういい。もうなんでもいい。好きにしてくれ――。そんな気分で四肢を投げ出して、乱れた呼吸を整えていると、鴻上は「俯せになれ」と命令してきた。従いかけたが、不意にレイプされた時の体勢を思い出し、つい「嫌だ」と言ってしまった。

「お前、またかよ。この段になって嫌って——」

「違う、そうじゃない。後ろからが嫌なんだ。前からでもいいだろう？」

鴻上は怪訝な目つきで冬樹を見た。

「慣れてないんだから、バックのほうが楽だぞ」

「いいんだ。このままでいい」

言い募ると鴻上は「わかったよ」と頷き、枕を掴み冬樹の腰の下に押し込んだ。散々舐められて感覚が鈍っているのか、指でローションを塗りつけられたが、それほど違和感を覚えなかった。むしろ舌ほど過敏にならずにすむせいか、指で触られる感覚に安堵《あんど》さえ感じる。

鴻上は中を解《ほぐ》すかのように、指を挿入させてしばらく動かしていた。鴻上の手が動くたび、ネチネチといやらしい音が響いてくる。

「人差し指と中指の二本が入ってる。わかるか？」

「そんなの、わかるわけないだろ」

聞くなよと思いながら答えた。

「とろけそうなほど柔らかくなってる」

「……っ。い、いちいち言わなくていいっ」

鴻上は「いちいち教えてやってるんだよ」と言い返した。

「俺がどんなふうに感じているのか、お前にもわかってほしくてな。こんなトロトロになったいやらしい部分が、自分の身体の中にあるなんて、お前自身はわかってないんだろう？　お前だって自分の指で触ってみればわかる。お前のここが、どれだけエロい器官になっているか」

鴻上は冬樹の膝頭を両手で摑むと、足をグイッと大きく開かせ、自身のものを窄まりに押し当てた。

反射的にギュッと目を閉じたら、鴻上が「大丈夫だ」と囁いた。

「無茶はしない。耐えられないほどの痛みを感じたら言え」

「……今夜は途中でやめないんだろ」

優しい言葉を投げかけられたのに、反射的に憎まれ口を叩いてしまった。怒るかと思いきや、鴻上はなぜか小さく笑った。

「やめはしないが、優しくしてやることはできる」

なぜか胸がキュッと痛くなった。不快な痛みではなく、ふわっと身体が浮遊するような感覚を伴った痛み。なんだろうと思っているうち、鴻上の雄がグッと入り込んできた。押し込まれる違和感はあったが、さほど痛みはない。

「ん……っ」

鴻上のものが自分の中にいる。ひとつに繋がっている。レイプされた男に抱かれているのだから、本当なら耐え難い嫌悪と屈辱を感じなくてはいけない場面なのに、今は繋がった部分から湧いてくる感覚を受け止めるのに必死で、感情は置き去りになっている。

「動くぞ。できるだけ力を抜いてろ」

鴻上が腰を使い始めた。ゆっくりと引き抜いて、慎重にまた押し込む。鴻上は我慢強かった。強い自制心がなければ、一定のリズムで挿入を続けるのは難しい。

単調なピストンが続くうちに違和感は消えていき、代わりにあの快感が芽生えてきた。触られるとたまらなくなるあの場所に、鴻上のペニスが当たっている。グッと中から押されるたび、甘い蜜が染み出してきて、高い声が出そうになった。

冬樹が感じているのを見抜いたのだろう。鴻上は小刻みに腰を使い、ピンポイントでそこばかりを責めてきた。感じる部分を亀頭《きとう》で何度も突かれ、抉られ、腰がどんどん甘くとろけてくる。指で達かされたあの夜と同じだった。

あの時は初めてなので感じながら戸惑っていたが、二度目にもなると身体はわかっている。そこを強く刺激されると、たまらない快感がいくらでも湧いてくることを。

「……ん、ふ……っ」

男に犯されて声なんか出したくない。そう思って必死でこらえていたが、高まっていく快感の波にさらわれ、自制心が霞《かす》んでいく。頭ではやめてほしいと願っているのに、身体はもっと激しく突かれることを望んでいた。

「……水城。気持ちいいなら我慢するなよ。お前の声を聞きながら抱きたい」

溜め息交じりの囁きは、懇願するような言い方だった。息が詰まりそうになりながら、なんだよそれ、と思った。まるで恋人に囁くような言い方だ。こんなのずるい。ずるすぎる。

何がずるいのか自分でもよくわからないが、とにかくそう感じた。そして拮抗するバランスの上でどうにか踏ん張っていた理性は、鴻上のそのひと言によって一気に崩壊した。

スピードを上げていく鴻上の突き上げに、たまらず声が漏れた。耳を塞ぎたくなるような、恥ずかしい声だ。そんな声、鴻上に聞かせたくないのに、どうしても止まらなくなった。

「や……っ、ん、はぁ、あ……っ、ん、ああ……っ」

「そうだ。俺が聞きたかったのは、そういう声だ」

鴻上が冬樹を見下ろしながら満足そうに言う。その熱い視線に耐えきれず、目を閉じて横を向いた。

「そうやって目を背けても現実は変わらない。お前は今、俺に抱かれて、どうしようもなく感じているんだ。俺のもので、もっと激しく突かれたいと思ってる。そうだろ、水城？」

返事を強要するように、感じる場所を的確に内側から擦り上げられる。

「ん、やめ……、あ……っ」

「ほら、ここがいいんだろ？　気持ちよくてたまらないんだろう？」

グッ、グッと淫猥《いんわい》に腰を使われ、冬樹は「あっ」と声を上げて仰け反った。どれだけこらえても快感は高まる一方で、今にも果ててしまいそうだった。

「正直になれよ。俺は最高に気持ちいい。お前の中は熱くてとろけそうに柔らかい。俺のペニスにねっとり絡みついてきてたまらない。コンドームなんか外して生ではめて、お前の中に一滴残らず注ぎ込んでやりたいくらいだ」

鴻上の卑猥な囁きは聞くに堪えなかった。なのに冬樹が感じたのは怒りでも屈辱でもなく、奇妙な興奮だった。男に抱かれて言葉で辱められているというのに、なぜ興奮するのか自分でもわからない。けれど赤裸々な言葉によって、確かに劣情を煽《あお》られている。

「くそ。よすぎて、もう出そうだ」

悔しそうに舌打ちし、鴻上は律動のスピードを上げてきた。激しく突き上げられ、頭がガクガクと揺れ、舌を嚙みそうになる。なのにその激しさにさえ感じている。

鴻上のたくましい胸筋に、一筋の汗が流れ落ちた。荒々しい息を吐きながらたくましく腰を動かす鴻上は、快感を貪っているのに、どういうわけかトレーニングに取り組む禁欲的なアスリートのように見えた。

鴻上のペニスに強く穿《うが》たれて、射精感がどんどん高まってくる。身体はもうその瞬間を目指して、止まらなくなっている。理性は蒸発し、本能のままに生きる獣と同じだ。

鴻上の肌だけでなく、冬樹の肌もしっとりと汗をかいていた。触れあう腿や尻の部分は特に汗ばんでいる。

「ん、はぁ、そこ……っ」

思わず口走っていた。鴻上が「ここか?」と一番感じる場所を突いてくる。

「あ、ん……っ」

「ここが一番いいのか？　どうなんだ、水城？　もっと強く突いてほしいのか？」

そうだ。突いてほしい。中から擦り上げて、繰り返し強く突いてほしい。

「言えよ。言えば、そのとおりにしてやるから」

焦《じ》らすために、わざと浅く出し入れしてくる。

駄目だ。そんなんじゃ足りない。全然届いていない。

欲しいものを与えられないもどかしさに、気が狂いそうになる。

「……もっと、奥……」

「奥がいいのか？　このへんか？」

知っているくせに、わざと聞いてくる。けれど鴻上の意地悪さえ、興奮を募らせる要素にしかならない。

「そ、そこ、ん……っ、そこ、もっと……強く……っ」

今はとにかく、そこに強い刺激が欲しくてたまらなかった。肉体をもう自分でコントロールできなくなっている。無意識のうちに限界まで足を開いていた。自分から背中を丸め、疼くアナルを上に突き出すような格好を取っている。その体勢のほうが、よりピンポイントで刺激が得られるからだ。

「物覚えのいい身体だな。可愛がり甲斐がある」

鴻上はうっすらと笑い、もう焦らすことなく冬樹を一気に仕留めにかかった。感じる場所をリズミカルに突き上げ、揺さぶってくる。冬樹のペニスは触れられてもいないのに、張り詰めて先端からとめどなく雫《しずく》を溢《あふ》れさせていた。突き上げられるたび、ペニスも大きく揺れて、雫は糸を引いて臍《へそ》のあたりを濡らしている。

「あ……あぁ……っ、駄目、駄目だ、もう……っ」

何も考えられない。ただ高みへと登り詰めていく。死ぬ。死ぬ。死んでしまう。

「嫌だ、こんなの――や、くぅ、ああ……っ！」

頭の奥で白い光りが爆発した瞬間、ペニスから勢いよく白濁が噴射し、腹と言わず胸や首もとまで飛び散った。自身の欲望のシャワーを浴びながら、冬樹は呼吸さえできず、全身を震わせた。ビクビクと何度も痙攣《けいれん》する腹筋が、快感のすさまじさを物語っている。

失神寸前だった。思考は完全に停止し、身体は弛緩《しかん》しきっている。酸素を求めて胸だけが激しく上下していた。

鴻上が繋がっていた身体を離した。性器が出ていく生々しい感触に、腰が震える。鴻上は床に足を下ろし、ティッシュをあてがってコンドームを外し始めた。

鴻上も達ったらしい。いっさいの余裕をなくしていたせいで、いつ射精したのかまったくわからなかった。

「指一本、動かしたくないっていう顔だな」

そのとおりだった。鴻上はティッシュを数枚引き抜くと、冬樹の精液を拭き始めた。自分でしよう

と手を動かしたが、「じっとしてろ」と叱《しか》られた。

鴻上は冬樹の身体をきれいにすると、身体に布団を被せた。

「シャワーを浴びてくる」

鴻上がいなくなり、ようやく理性が戻ってくる。ひとりでさっきのセックスを反芻《はんすう》していると、本気で死にたくなってきた。

なんて恥ずかしい男なんだろう。快感に弱いにもほどがある。自分をレイプした男に抱かれて、あんなにも感じてしまうなんて、情けなすぎる。

俺には意地や誇りはないんだろうか――。

地の果てまで落ち込んでいると、シャワーを浴びた鴻上が戻ってきた。Ｔシャツとスウェットのズボン姿で、手には缶ビールを二本持っている。

「裸で寝るのか？」

指摘された冬樹はむっつりと起き上がり、床に落ちている下着とパジャマを拾って身につけた。またベッドに潜り込むと、鴻上はビールを一本差し出してきた。いらないと突っぱねてやろうかと思ったが、さすがに大人げない気がして、黙って受け取る。

鴻上はベッドの端に腰を下ろし、ビールを飲み始めた。冬樹も遅れて飲み始める。

「落ち込んでる顔つきだな。俺に抱かれて感じたのが、そんなに悔しいのか？」

嫌な男だ。的確に痛いところを突いてくる。だが鴻上の口調に嫌な響きはなかった。だから冬樹も率直に答えた。

「悔しいんじゃない。情けないんだよ」

「同じことだろ。お前も融通の利かない男だな。セックスして気持ちよくなるのは当然のことじゃないか。相手が嫌いな男でもしょうがない。男の生理だ」

「俺にとってはそんな簡単な話じゃない」

鴻上はグイッとビールを呷《あお》ると、「簡単でいいじゃないか」と言い放った。

「喉が乾いた時は水が欲しい。飲めば生き返ったと思う。腹が減ってる時にうまいものを食べれば、幸せだと感じる。疲れた身体をマッサージされれば心地よくなる。夜になれば自然と眠りたくなる。それと同じで気持ちのいいところを刺激されれば、快感を覚える。そうしたら、もっと触れてほしくなる。人間の自然な欲求と自然な反応だ。くだらないことで悩むな。時間の無駄だ」

他人事だと思って勝手なことを言ってくれる。けれどそんなふうに達観した言い方をされると、少しだけ気持ちが楽になった。要するに感情を切り離して、割り切れと言いたいのだろう。

「真梨と章吾はそういう相手じゃない」

いきなりなんの話だと思った。別にそんなことは聞いていない。

「俺には関係ないだろう」

「関係はないが、ふたりに失礼だから訂正しておく。お前、あのふたりを俺の愛人だと誤解してるんだろ？」

違うと言いかかったが、実際、遼介に会うまでは誤解していた。

「ふたりは俺と同じ施設で育った仲間で、いわば家族みたいな存在だ」

「……そうか」

鴻上は冬樹の誤解を訂正しないだろうと思っていた。愛人なんてたくさんいる。お前もそのうちのひとりにすぎない。そういう態度に出ると予想していたのだ。そうしなかったのは、きっとふたりのことを大事に思っているからだろう。

鴻上が唇を閉ざすと沈黙が垂れ込めた。気詰まりではないが、今の鴻上となら自然に会話ができそうな気がして、つい質問してしまった。

「遼介に教えられて、お前のインタビュー記事を読んだ。ネットのやつ。大学在学中から投資の仕事を始めたんだってな」

鴻上は「たまたまだ」と返し、不意に笑みを浮かべた。自嘲めいた笑い方だった。

「大学時代は勉強とバイト三昧《ざんまい》の毎日だった。金のない毎日で生活は厳しくて、親の仕送りで贅沢している奴らを見ては、いい気なもんだって思ってた。ある日、なんとなく買ったスクラッチの宝くじで三十万円が当たったんだ。初めて手にした大金だった。生活費に充てればしばらくは楽ができるが、俺は最初からなかった金だと思って投資を始めた。主に株だった。そしたら運のいいことに大儲《おおもう》けして、二年で一千万ほどまで増やした」

運がいいだけじゃないと思った。鴻上のことだから入念に調べて、これと見込んだ株を買ったのだろう。

「さらに資金を増やして投資会社をつくった。金融の仕事に向いていたんだろうな。面白いように成功したよ。そしたら当時のBCMの日本法人トップに見込まれて、うちに来ないかと誘われたんだ」

「だけどアメリカで試験は受けたんだろう？　それで合格したんならたいしたものだな」

鴻上が不思議そうに冬樹の顔を見た。

「なんだよ？」

「いや、驚いただけだ。俺を褒めるなんてお前らしくないと思って」

指摘されて、鴻上を肯定するようなことを言ったのだと気づいた。

「別に褒めてない。日本人の新卒がアメリカの大手投資会社に入るなんて、すごいことなのは事実だろう。事実は事実として認めているだけだ」

「まあ、なかなかない話だろうな。だがそのための勉強はたいしてしていない。努力したのは英語だけだ」

思い出した。鴻上は高校時代、よく外国の映画を観ていたが、吹き替えでも日本の字幕でもなく、英語の字幕で観ていた。きっとあの頃から、いずれは海外へ出たいと思っていたのだろう。だがそれは研究者としてだったはずだ。

優秀な男なのはわかっている。鴻上なら好きな分野の研究者になれただろう。なぜ諦《あきら》めてまったく違う金融の世界に進んだのか、その理由が知りたかった。

「高校の時は研究者になりたいって言ってただろう？　なぜ違う仕事に就いたんだ」

鴻上はすぐには答えなかった。沈黙の意味を計りかねていると、鴻上が口を開いた。

「金がない人間は惨めだと思ったからだ。俺は親に捨てられ、子供の頃から施設で育った。差別や苛めはごく普通のことで、平等な社会なんてものはないと知っていた。結局、金があるものだけが、楽しい人生を送れる。金に支配される人生なんてまっぴらだ。俺が金を支配してやる。そう決めて金融の世界に入った」

納得のいく答えだったが違和感があった。子供の頃から苦労したのは本当だろうが、少なくとも高校の頃の鴻上は、社会への恨みを自分の人生に反映させようとはしていなかった。心の底では複雑な気持ちはあったかもしれないが、研究者になりたいと思っていたくらいだから、世の中を見返してやりたいという欲求より、好きなことをして生きていきたいと願う気持ちのほうが強かった気がする。

何かがあって気持ちが変化したのだろうか。理由を知りたい気持ちはあったが、そこまで突っ込んで聞くのも躊躇われた。

「……お前のほうは順調な人生だよな」

今度は鴻上が質問してきた。どこか投げやりな言い方だった。

「大学を出たあと、経営コンサルタント会社に入って経営について学び、二十八歳でミズシロの系列会社、ミズシロテクノロジーズの社長に抜擢された。成功して次は安定企業である東栄電工の社長に招聘された。いずれミズシロの社長になる人間には、相応《ふさわ》しい経歴じゃないか。外部で経営者として成功した人物なら、誰も文句のつけようがない」

鴻上の見解は世間の見解だった。だから別になんとも思わない。他人から見れば冬樹の人生が完璧なのはわかっている。いつだって羨《うらや》ましいと言われてきた。

実際はそんな単純な話ではないが、それでも恵まれているのは事実だ。だから冬樹は自分を褒めそやす人達《たち》に、一度も異を唱えたことはない。言ったところで理解など得られないと知っているからだ。恵まれた者が何かを嘆いたところで、大抵の人間は恵まれた者の我儘《わがまま》だと思う。人が本気で同情するのは、自分より不幸な人間に対してだけだ。

「水城。東栄電工の会長が、お前の祖父だっていう話は事実なのか？」

表向きは秘密でも噂は勝手に広まっていく。鴻上の耳にも届いていたらしい。

「事実だ。俺の母親は東健造の娘で、水城秀一の愛人だった。母親が死んで、俺は水城家に引き取られたんだ」

鴻上は黙り込み、飲み終えた缶ビールをサイドテーブルの上に置いた。

「高校時代、お前に届く荷物はすべて祖父からだったよな。実家からは一度もなかった。そういう事情があったからか」

確かに冬樹宛に届く荷物はすべて健造からだった。お菓子など食べ物がほとんどだったが、受け取るたび、自分を気に掛けてくれる人がいる喜びを感じたものだ。

「そんなことまでよく覚えているな」

「羨ましかったからな。俺には何かを送ってくれる相手なんかいなかったし。それに荷物が届くと、お前はいつも嬉しそうだった。相当のおじいちゃん子だと思ったものだ」

からかうような口調だった。恥ずかしいが健造を慕っていたのは事実だ。

「悪いか。俺のことを可愛がってくれる肉親は、祖父だけだったんだ」

「父親は？　実の親だろう」

「あの人は俺を息子だと思ってない。跡取りが必要だから引き取っただけで、俺を疎んじる妻のご機嫌を取るのに、いつも必死だった」

鴻上の何か言いたげな視線に気づき、急に恥ずかしくなった。こんなことまで話すつもりはなかったのに、どうかしている。

「……もう寝る」

唐突に話を打ち切り、布団の中に潜り込んだ。鴻上は「勝手な奴だな」と文句を言ったが、ナイトランプの灯りを消して、自分もベッドに横たわった。背中を向けて寝ていたら、後ろで鴻上がぽつりと呟いた。

「昔は毎日同じ部屋で過ごしていたのに、家族や育って環境については、俺たちまったく話し合わなかったな」

言われてみれば、そのとおりだった。冬樹は施設育ちの鴻上の生い立ちを、どこかタブー視していた気がする。安易に触れてはいけないと思い、あえて何も聞かなかった。鴻上も冬樹に家族や実家のことを尋ねてこなかった。

「そういう年頃だったんだろう」

口ではそう答えたが、実際はそれだけじゃないとわかっていた。生い立ちに事情を抱えた人間は、他人の家庭環境や生い立ちを詮索したがらない。自分に質問が跳ね返ってくるのが嫌だからだ。

相手を傷つけたくないと思いながら、その実、本当は自分が傷つきたくなかったのだ。だから相手の心の中にまで踏み込んでいけなかった。

今ならわかる。自分たちは多分、どちらも臆病《おくびょう》な子供だったのだ。

8

鴻上に抱かれたあの夜から、何かが大きく変わってしまった。

表立った変化はない。仕事が終わると健造を見舞い、自宅に戻って着替えてから鴻上の部屋に行く。夜を一緒に過ごし、朝になったらまた自分の部屋に帰る。その繰り返しは同じなのに、どうしても以前のような怒りや悔しさが湧いてこない。

最初は、鴻上があまり嫌みを言わなくなったせいだと思っていた。だから苛々しなくなったのだと。だがそんな単純な理由でないのは、自分でも本当はわかっていた。ただ突き詰めて考えたくなくて、鴻上の態度のせいにしたがっているだけだった。

セックスがいいから、関係性までよくなったとは考えたくない。けれど肉体的に親密な関係になると、心理的な距離感まで縮まってしまうのは事実だ。抗えない快楽の底に叩き落とされ、行為が終わった途端、鴻上への怒りをかき集めるのは難しい。

鴻上の卑劣さを許したわけではないが、与えられる快感に溺れきっている自分が現にいる。そうなると被害者面して、鴻上だけを責めるわけにもいかなくなった。

何度も行為を重ねるうち、身体は驚くほど鴻上に馴染んでいった。理性ではこんなの間違っていると思うが、ひとたびベッドに引きずり込まれれば、鴻上にまったく逆らえず、完全に支配されてしまう。

冬樹は毎晩、鴻上の濃密な愛撫に身悶《みもだ》えし、最後はとどめを刺すような挿入によって絶頂に導かれ、息も絶え絶えになってしまう。夜ごと快感という名の甘い毒に身体を犯され、繰り返し優しく殺されているような気分だ。

鴻上がもっと自分勝手なセックスをする男ならよかった。自分の快感だけを求め、冬樹を好き勝手に蹂躙するだけの男なら、怒りや悔しさは増しただろう。だが鴻上は自分の快感より、相手を感じさせることに喜びを感じるタイプらしい。

それに冬樹が少しでも苦痛を訴えると、それ以上のことはしない。まるで大事な恋人を抱いているかのような態度だ。単にそういうセックスを好む性格なのだと思っていても、気持ちは錯覚してしまう。優しく扱うのは特別な感情があるからではないか、と。

――鴻上、まだお前のこと好きなのかもしれない。

ことあるごとに、遼介の言葉を思い出すようになり、それも気持ちが浮つく原因のひとつだった。そんなわけがないと否定しつつも、鴻上と身体を重ねるたび、もしかしてという気持ちは強まっていく。

だがそれがもし事実だとしても、冬樹にとって鴻上は自分をレイプした許せない相手だ。それに今は東栄電工を乗っ取ろうとしている敵でもある。そんな男に好かれたところでどうしようもないし、絶対にどうにかなるべきでもない。

愛人契約が終わる時が、鴻上との決別の時だ。その時が来るまで、心を無にして抱かれるしかない。

そんなふうに言い聞かせて毎日を過ごしていると、あっという間にまた週末がやって来た。

明日からゴールデンウィークの連休が始まる金曜日のその日、冬樹は午後から頭痛を感じていた。風邪っぽいと思っていたら、案の定、退社の頃には本格的に熱が出始めていた。健造にうつしてはいけないので見舞いは控え、社を出たあとはまっすぐ自宅に帰った。

体温計で熱を測ると三十七・八度だった。まだ上がりそうだし、鴻上も風邪をうつされるのは嫌だろうと思い、「熱が出たから行けそうにない。今晩は勘弁してくれ」というメッセージをスマホから送った。仮病を疑われないよう、念のために体温計の写真も添えておく。

返事は来なかった。きっと怒っているのだろう。だが愛人にだって、病欠は認められるべき正当な権利のはずだ。

冬樹は熱に弱い体質だから、三十七度を超えるともう辛い。夕食を食べる気にもならず、ベッドでただ寝ているしかできなかった。

どれくらい眠ったのか、夢の中で玄関のチャイムの音が聞いた気がした。しばらくすると今度は枕もとに置いていたスマホが鳴り、そこではっきりと目が覚めた。スマホを見ると、画面には『お前の部屋の前にいる。鍵を開けろ』というメッセージが表示されていた。送信主は鴻上だ。

しばらくそのメッセージをぼんやり眺めていたが、意味を理解した途端、「ええっ？」と叫んでしまった。

鴻上が今、俺の部屋の前にいる？　嘘だろっ？

何がなんだかわからないが、来てしまったものはしょうがない。とにかく鍵を開けにいかないと。冬樹はベッドを降り、ふらふらしながら玄関に向かった。

怒って乗り込んできたのだろうか。愛人契約を解消すると言い出したらどうしよう。そんな不安を抱きながらドアを開けると、仏頂面の鴻上が立っていた。ジーンズに薄手のセーター、ジャケットという格好だ。買い物をしてきたのか、手には大きなレジ袋を提げている。

「……オートロックは？」

第一声がなぜかそれだった。我ながら間抜けな質問だ。

「若い女が入れてくれた。そんなことより熱は？」

鴻上は玄関に入ってくるなり、冬樹の額に手を押し当てた。

「高いじゃないか。さっさとベッドに戻れ」

お前のせいで玄関に立っているんだろうが、と思いながら寝室に引き返す。足取りが危うかったらしく、鴻上に腰を抱えられた。大丈夫だと手を振り払いたかったが、言葉を発するのも億劫で、そのまま支えられてベッドに戻った。

鴻上は冬樹の体温を測り、「三十八度か」と呟いた。さほど上がっていないので安心した。インフルエンザではなさそうだ。

「薬は飲んだのか？」

「飲んでない。解熱剤は飲まないことにしているから」

身体が熱を出すのは細菌などの増殖を抑えたり、免疫系の活性化を促したりするためだ。自然の防御機能を解熱剤で阻害するのはよくないと、冬樹は考えている。だから高熱の時や、明日はどうしても休めないという時以外は、基本的に風邪薬は飲まないことにしている。

「三十八度五分以上になったら強制的に飲ませるぞ。とにかく水分を補《と》れ」

鴻上は持参したレジ袋から冷却ジェルシートを出して、冬樹の額に貼《は》った。火照った身体にはその冷たさが痛いほどだ。それからペットボトルのスポーツ飲料を取り出し、ストローがついたペットボトルキャップに付け替えてから、冬樹に手渡してきた。これなら寝たままでも飲める。

身体が水分を欲していたらしく、一気に半分ほど飲んでしまった。ワンタッチのキャップを閉め、枕元に転がしておく。生き返った気分だ。

「夕食はまだだろう？　何が食べるか？　レトルトのお粥《かゆ》とかうどんとか、いろいろ買ってきた。食欲がなければアイスクリームやヨーグルトもある」

「今はいい」

「わかった。欲しくなったら言え。買った物を冷蔵庫に入れてくる」

鴻上が寝室から出ていった。てっきり文句を言いに来たと思ったのに、心配して見舞いに来てくれたらしい。わざわざ買い物までしてくるとはマメな男だ。

正直に言えば嬉しかった。弱っている時に親切にされれば誰だって嬉しいものだ。けれど同時に同じだけ戸惑ってもいた。鴻上に優しくされるのは苦手だし、何より困る。困るのは、鴻上の気持ちをまた深読みしてしまうからだ。

鴻上が戻ってきた。ベッド脇に移動させた椅子に腰を下ろすと、持参した文庫本を読み始める。

「……まだ帰らないのか？」

「今夜は泊まっていく」

「いいよ、そんなの。ひとりで平気だから帰って休め」

鴻上は文庫本から視線を剝がし、冬樹を見た。むっつりした顔つきだ。

「俺がいるのは迷惑か？」

「別にそういうわけじゃないけど、うつるかもしれないし」

「俺は免疫が高いから、風邪をうつされたことがない。だから気にするな」

冬樹が「でも」と言い返すと、「うるさいぞ」と叱られた。

「病人はごちゃごちゃ言ってないで、さっさと寝ろ」

えらそうに命令するなよ、と思ったが、さすがに喧嘩《けんか》をする元気もないので、冬樹は目を閉じた。時折、ページを捲《めく》る音が聞こえる。なぜかその音を聞いていると気持ちが安らぎ、すぐにうとうとし始めた。


朝、目が覚めた時、鴻上は椅子に座ったまま腕組みをして寝ていた。

夜中に何度か額のシートを貼り替えられたり、口もとにストローを持ってこられたりした記憶はおぼろげにあるが、熱のせいか夢現《ゆめうつつ》でははっきりとは覚えていない。

鴻上の寝顔を見上げながら、馬鹿な男だと思った。つきっきりで寝ずに看病するほどの病気でもないのに、一晩中、起きていたのだ。

なんなんだろう、この男は。いつもは傲慢に人を見下してくるくせに、夜通し看病なんかして。冷たいのか優しいのか、嫌われているのか好かれているのか、まったくわからなくて困る。鴻上の一貫性のない態度には、いつも振り回されてしまう。

鴻上の膝から文庫が滑り落ちた。その音で目を覚ました鴻上は、冬樹に見られていることに気づき、ばつが悪そうな顔で文庫を拾い上げた。

「うとうとしちまった」

鴻上は冬樹の額に手を当て、「かなり下がったな」と呟いた。

「何か食べられそうか？」

空腹を感じていたので頷くと、鴻上は「すぐに持ってきてやる」と言って寝室を出ていった。しばらくして鴻上はトレイを持って戻ってきた。トレイに載っていたのは、梅干しと昆布《こんぶ》の佃煮《つくだに》がトッピングされたお粥と、フルーツ入りのヨーグルトだった。

「食べさせてやろうか？」

にやついた顔で聞かれ、無言でスプーンを奪い取った。食べ始めるとますます空腹を感じ、あっという間に全部平らげてしまった。

「ご馳走《ちそう》さま」

鴻上は「食欲があるのはいいことだ」と返して食器を下げた。戻ってきた鴻上にシャワーを浴びてくると言ったら、怖い顔で反対された。

「まだ早い。夜になっても熱が出なかったら入っていい」

お前は俺の主治医か、と突っ込みそうになったが、なんとなくこの状況では逆らえず、頷くしかなかった。

熱は三十七度五分でまだ完全には治まっていないが、昨夜ほど身体は辛くもないので、じっと寝ているのは退屈だった。あれだけ眠れば、さすがにもう睡眠は足りている。

「暇だからリビングで寝る。テレビが見たい」

鴻上はしょうがないなと言わんばかりの表情だったが、そこは許してくれた。枕と毛布を持ち込んで、ソファーで横になってテレビを見ていると、キッチンでコーヒーを淹《い》れた鴻上がやってきた。

ソファーは冬樹が占領しているので座れない。どうするのかと思っていたら、おもむろに冬樹の足を持ち上げてソファーに座った。必然的に鴻上の膝に足を載せる体勢になり、うろたえた。

「椅子に座れよ」

「俺だってソファーに座りたいんだ。これくらい我慢しろ」

いや、だけど、お前、と言いそうになった。この体勢はまるで、恋人同士がリラックスして仲よくテレビを見ている光景だ。おかしすぎる。

しかし鴻上は何も思わないらしく、テレビを見ながら平然とコーヒーを啜《すす》っている。自分が意識しすぎなのだろうか？　でもこの体勢は恥ずかしすぎるだろう。

ケーブルチャンネルで映画を見始めたが、鴻上の膝の温《ぬく》もりが気になって、なかなか集中できない。

「意外と質素な暮らしをしてるんだな。どう見ても普通のサラリーマンの部屋だ」

鴻上が部屋の中を見回しながら言った。

「お前の部屋がゴージャスすぎるんだよ」

「収入に見合った暮らしをしているだけだ」

嫌みな言葉だが、事実だから何も言えない。

「お前だって収入はあるはずだ。もっといい部屋に住みたいとは思わないのか？」

「いいんだよ。不自由も不便もないし、この部屋で十分に満足してる」

「ミズシロの御曹司が、欲のないことを言うんだな」

小馬鹿にするような言い方だった。カチンときたが、看病されたせいか噛みつく気にはなれず、冬樹は「御曹司なんかじゃない」と静かに言い返した。

「水城家の長男なのは本当だが、八歳なるまでは母親とふたりきりでひどい暮らしをしていた。貧しい生活の中、精神的に不安定な母親から、時には暴力を振るわれながら育った。母親が死んで水城家に引き取られたけど、本妻は俺を嫌っていた。食事もひとりきりで別の部屋で与えられ、どこかに連れていってもらうこともない。そのうち弟が生まれると、完全に厄介者扱いだ。居場所がないから全寮制の高校に逃げた。あそこで俺はやっと楽になれた。ここでなら誰にも邪魔者扱いされなくて済む、生きていてもいいんだって思えて、心底嬉しかったよ」

鴻上は黙って冬樹を見下ろしている。話しすぎたことを、すぐに後悔した。

「まあ、全部昔の話だ。今はもう実家のことはどうでもいい。いずれ弟がミズシロの社長になる。俺は東栄電工に骨を埋める覚悟だ」

「水城社長がそう言ったのか？」

「はっきりとは言わないが、そう願っているはずだ。あの人が大事なのは女房の機嫌と、次男の幸せだけだからな。……俺には祖父から受け継いだ大事な会社を守る義務がある。会社は経営者ものじゃないってお前は言うけど、勝手に大きくなったんじゃない。経営者にとっては、大事に育ててきた我が子も同然の存在だ。利益しか考えてないお前らには、絶対に渡せない」

それだけは譲れない部分だから、はっきり断言した。馴れ合いのような関係に陥っても、経営者としての立場だけは曲げたりしない。

「大事な我が子だと思うなら、子供がより成長できるようにしてやるのも親の責任だろ。保身ばかり考えている無能な経営陣ならいらない。子供の将来の邪魔だ」

ビジネスの話になると、途端に冷徹な顔になる。だがそのほうが対処しやすい。感情ではなく理性で対応できるからだ。

「利益だけを追求しているお前には、きっとわからないさ」

それきり会話は途切れた。以前の鴻上なら冬樹をとことん打ちのめす言葉を吐いたはずだ。そうしないのは何かしら心境の変化があったからなのか、あるいは病み上がりの相手だから気づかっているのか、冬樹には知るよしもなかった。


土曜の夜は三十七度ほどで、日曜の朝には完全に平熱に戻った。もう普通の生活に戻っても問題はなさそうなので、鴻上には午後からお前の部屋に移動しようと伝えた。

どちらの家で過ごしても同じかもしれないが、自分の部屋に鴻上がずっといるという状況に、どうしても慣れなかった。嫌というのではなく、どうにも落ち着かない。

「俺の車に乗っていけよ。連休明けの朝、送ってやるから」

ソファーに並んで座ってコーヒーを飲んでいると、鴻上はそんなことを言いだした。口調は別に優しくともなんともないが、言葉面だけ取ると恋人同士の会話みたいで、なんだか気持ちが悪い。

「いや、いい。自分の車で行く」

鴻上の眉尻がピクッと跳ね上がった。だんだんとわかってきた。冬樹が意地を張ろうとすると、鴻上は機嫌が悪くなる。だがこれは別に意地を張ってのことではない。

「寄りたい場所があるんだ。だから自分の車で行くよ」

「どこに行くんだ？　買い物か？」

少し迷ったが、今さら隠してもしょうがない気がしたので、正直に「病院だ」と答えた。

「病院？　風邪は治ったんだろう？」

「見舞いだよ。祖父がずっと入院しているんだ。昨日も一昨日も行けなかったから、顔を見に行きたい。末期ガンでもう長くはないから」

鴻上は驚いた表情で冬樹を見つめた。健造の入院はいっさい公表していないから、初めて知ったのだろう。

「……俺も病院に行きたい。お前と一緒に東会長を見舞うのは駄目か？」

「え？」

思いがけないことを言われ、すぐには返事ができなかった。なぜ健造を見舞いたいのだろう。どうしても警戒心が湧いてくる。

「まさかお前、買収の話を会長に――」

「しない。そういうんじゃなく、ただ会ってみたいだけだ。お前の友人として紹介してくればいい。余計なことは言わない。約束する」

ただの好奇心だろうか。それにしては、やけに真剣な顔つきだ。

「わかった。買収の話をいっさいしないなら構わない」

「ありがとう」

ありがとう――。鴻上の口から感謝の言葉なんて、再会してから初めて聞いた気がする。思わずまじまじと顔を見てしまった。鴻上は怪訝そうに「なんだ？」と尋ねた。

「いや、びっくりしただけだ。お前がありがとうなんて言うとは思わなかったから」

「お前に言ってなかっただけで、ありがとうくらいいつも言ってるよ」

憮然《ぶぜん》とした態度で言い返してくる。

「へえ。自分の愛人だから、感謝の言葉を言わないのか。お前、結婚したら嫁さんに嫌われるタイプだな」

「お前は結婚したら嫁の尻に敷かれるタイプだな。せいぜい優しい女を嫁にもらえ」

「うるさい。心配されなくてもそうするよ」

内容はともかくとして、こういう言い合いもどこかじゃれ合いみたいで落ち着かない。以前のような殺伐とした雰囲気が、ふたりの間から消えているせいだろう。

結局、鴻上の車で出かけることになった。鴻上の車はレクサスだった。意外にも車内はかなり散かっていて、せっかくの高級車が台無しだった。

病院に着くと健造は目を覚ましていたが、ぼんやりした顔つきで、話しかけても反応がなかった。

鴻上は気にせず挨拶をした。

「初めまして。水城の友人で鴻上と申します。同じ高校に通っていました。三年生の時は寮で同じ部屋になり、お孫さんにはいろいろ親切にしてもらいました」

すると健造は小さく頷いた。その目はどこか嬉しげだった。

「当時はあなたが送ってくださったお菓子なんかを、よく水城に分けてもらいました。同封の手紙に必ず『同室の友達と一緒に食べなさい』と書いてくださっていましたよね。それで水城は渋々、私にもお菓子をくれたんですよ」

嘘だ。食べ物を分けるのに渋ったことなんてない。だが鴻上の冗談を聞いて、健造がうっすら笑ったので文句は言わなかった。

「……冬樹が私のところに友達を連れてきたのは、初めてなんですよ」

健造が喋った。かすれて頼りない声だったが、久しぶりに聞くちゃんとした言葉だった。

「仕事ばかりで、友達がいないじゃないかと心配していたので、安心しました」

「ご心配には及びません。水城は学生時代からみんなの人気者でしたよ。もちろん今もたくさんの友人がいます」

健造は小さく何度も頷いた。うっすら涙を浮かべているのを見て、複雑な気持ちになった。

病床にあっても自分を心配してくれる健造の愛情。友人ではないのに嘘をついてくれた鴻上の気づかい。どちらも嬉しいはずなのに素直に喜べない。なぜなら、ここにいるのは買収を仕掛けようとしている男と、その会社を築き上げてきた経営者だ。一見、心温まる風景のように見えても、実際はひどい茶番でしかない。

冬樹の友人に会えたのがよほど嬉しかったのか、帰り際、健造は鴻上に向かって「また来てください」と声をかけた。今日は気分がいいらしく顔色もいい。茶番でも健造が喜んでくれたのなら、鴻上を連れてきてよかったと思うことにした。

久しぶりに見る健造の嬉しそうな顔は、美しい夕焼け空のように冬樹の網膜に焼きつき、病室を出たあともなかなか頭を離れなかった。


夕方になってから鴻上に、「メシに行くぞ」と言われた。

「メシ？　何を食べに行くんだ？」

「寿司だ。俺の行きつけの店があるんだが、最高にうまい。食べたくないか？」

「寿司か。いいな」

しばらく寿司は食べていないので食欲が湧いてきた。鴻上は近所の店だと言ったが、お目当ての寿司屋はマンションから歩いて五分もかからない場所にあった。鴻上の行きつけなら、さぞかし高級な店なのだろうと予想していたが、思いがけず古びた庶民的な構えの店だった。

「あら、鴻上さん。お久しぶり」

「ご無沙汰《ぶさた》してます。ふたりなんですけど、カウンター空いてますか？」

女将《おかみ》らしき老齢の女性は、「どうぞどうぞ」とにこやかに席へと案内してくれた。まだ時間が早いせいか、他にひと組の客がテーブル席にいるだけだった。

「苦手なものはあるのか？」

「ない。なんでも食べられる」

「酒は日本酒でもいいか？」

冬樹が頷くと、鴻上は女将に日本酒を注文した。

「お燗《かん》にしてもらえますか」

「いつものように熱燗で？」

「いえ、今日はぬる燗でお願いします」

少しして徳利《とくり》とお猪口《ちょこ》と、お通しの小鉢が出てきた。小鉢には小松菜と薄揚げの煮物が入っている。お猪口に酒を注がれたので、礼儀として注ぎ返そうとしたが、鴻上は手酌で自分の酒を注いでしまった。

乾杯するような間柄でもないので、黙って飲み始める。日本酒はちょうどいい温度だった。病み上がりに熱燗はきついから、ぬる燗くらいがちょうどいい。

「よく来るのか？」

並んで座っているのに、黙ったまま酒を飲み続けるのも変な感じがして尋ねた。

「月に三、四回くらいかな。この店が一番落ち着く」

カウンターの中では白髪混じりの男性が寿司を握っていた。この店の店主だろう。鴻上が「大将、何か切ってください」と頼むと、大将は「タコはどうです」と聞き返した。

「いいタコが入ってますよ。お勧めです」

「じゃあ、ぜひ。そのあと、おまかせでぼちぼち握ってもらえますか」

出てきたタコの刺身は絶品だった。これは寿司もいけそうだと思ったが、その期待をいっさい裏切らず、どの寿司も最高にうまかった。江戸前寿司らしく握りには煮切りが塗られ、これがまたちょうどいい味加減だったし、ツメやヅケ、昆布じめ、酢じめ、どれも絶品で驚いた。

特に鮃《ヒラメ》の昆布じめと、コハダの酢じめは感動的ですらあった。接待で高級寿司店にはかなり行っているほうだが、この店の寿司はまったく遜色《そんしょく》がない。それどころか先月行った銀座の有名寿司店より、ずっとうまかった。

また使っているわさびがいい。鼻の奥に風味がツーンと抜けて、涙が出そうになるほど効くのに、舌の上には辛味がいっさい残らないのだ。

すっかり大満足して、食べ終わってから鴻上に「最高にうまかった」と感想をもらすと、「だろ?」と笑われた。よほど幸せそうな顔をしていたらしい。

会計は割り勘でと言ったが、鴻上は頑として譲らなかった。あまり言い張ると、「愛人なんだから大人しく奢《おご》られろ」と言い出しかねないので、仕方なく引き下がった。

女将が会計の札を持ってくる。ちらっと見えた金額にまた驚いた。安すぎる。ふたり分で二万円にも届かない額だったのだ。銀座の有名店で同じくらい飲食すれば、ひとり最低でも三万円は取られる。

店の外に出てから「安すぎる」と言ったら、鴻上も「だな」と頷いた。

「良心的なのはいいが、商売下手で潰れるんじゃないかと心配だ」

「もし潰れたらお前が買い取って、経営すればいいじゃないか。お前は無能な経営者から会社を守るのが好きなんだろう?」

冗談交じりに言ったが、半分は嫌みだった。鴻上は皮肉な笑みを浮かべて冬樹を見た。

「株式を公開している会社の経営と、個人経営の飲食店を一緒に語るな」

「一緒だよ。経営している側にすればな」

「恨み節はやめろ。せっかくうまい寿司を食っていい気分なのに、台無しだ」

確かにそのとおりだ。絡むにしてもタイミングが悪かった。冬樹は足を止めて、「悪かった」と謝った。

「それからご馳走さま。お世辞じゃなく、本当にうまい寿司だった」

鴻上はなぜか眉根を寄せた。お礼を言っているのに、にらまれるのは納得がいかない。

「なんで怒るんだよ？」

「怒ってない。素直なお前は気持ちが悪いと思っただけだ」

素直に謝って、そのうえお礼まで言ったのに、気持ち悪いなんて言い方はひどい。

「そういえば、看病のお礼をまだ聞いてなかったな。今言ってもいいんだぞ」

にやっと笑う鴻上の顔は、見るからに意地悪そうだった。

「何言ってんだ。愛人の面倒を見るのは当然のことだろう。ああ、そうだった。俺はお前の愛人なんだから、奢ってもらうのも当たり前だったな。礼なんて言って損した」

「口の減らない男だな」

口喧嘩をしながら鴻上の部屋に戻ってくると、玄関に入るなり「シャワーを浴びてこい」と命令された。

「え……？」

ギクッとして振り返ると、鴻上は人差し指と中指を立てて突きつけてきた。

「二日も我慢してやったんだ。今夜は抱くぞ」

たったの二日だろうと思ったが、鴻上が手を出さずにいてくれたのは事実だ。でも、できればやりたくない。鴻上はいつものように情熱的に求めてくるだろう。そんな鴻上に抱かれれば、また快楽に負けて恥ずかしい姿をさらけ出してしまう。ただでさえ鴻上との距離がどんどん縮まっているのに、これ以上、気持ちを乱されたくなかった。

「今晩は勘弁してくれ。病み上がりだし、まだ――」

「安心しろ。無茶はしない。いつものように、優しく抱いてやるから」

勝ち誇った顔を見ていたら、ついくだらない対抗心が湧いてきて、「そうかよ、わかったよ」と言い返してしまった。

「わかったなら、さっさと浴室に行け」

浴室を指さされ、奥歯をぎりぎりと噛みしめた。結局こうなるのだ。

シャワーを浴びてパジャマ姿で戻ってくると、「またパジャマかよ」と顔をしかめられた。バスローブを着て出てこないのは、せめてもの抵抗だ。

鴻上が入れ違いでシャワーを浴びにいく。冬樹は冷蔵庫から缶ビールを持ってくると、ソファーに座って飲み始めた。酔えば少し気が楽になる。情けない対処法だが、背に腹はかえられない。

浴室から戻ってきた鴻上も、風呂上がりの一杯を飲み始める。冬樹が二本目の缶ビールを持ってくると、鴻上は「まだ飲むのか？」と眉をひそめた。

「いいだろ。ビールくらいケチケチするな」

「ケチで言ってるんじゃない。病み上がりだから言ってるんだ。さっき日本酒も飲んだし、そのへんでやめておけ」

「大丈夫だよ、これくらい」

そう答えて飲み続けているとスマホが鳴った。着信には友人の松成の名前が表示されていた。

「松成から電話だ。珍しいな」

通話に出ると、松成は明るい声で「明日、会えないかな?」と尋ねてきた。

「知り合いの結婚式があって東京に行くんだ。本当は親父《おやじ》が出席するはずだったんだけど、ぎっくり腰になっちゃって、俺が急遽代理で参列しなきゃいけなくなってさ。それでもし夜とか空いてたら、メシでもどうかと思って」

「明日か。明日は……」

視線を向けると、鴻上は怖い顔で首を振った。ゴールデンウィーク中くらい自由にさせろよと思ったが、看病された手前、逆らいにくい。

「悪い、明日は用事があって無理なんだ。本当にすまない。次、東京に来る時は絶対につき合うよ」

「そうか。じゃあ、また今度つき合ってくれよな」

松成はしょんぼりした口調でそう言い、電話を切った。冬樹がスマホをテーブルに置くと、鴻上が口を開いた。

「まだあの陰気な眼鏡とつき合ってるのか? あいつは昔からお前にべったりだったよな」

悪意に満ちた言い方だった。冬樹は「そういう言い方はやめろよな」と眉をひそめた。

「どうして？　事実だろう？　お前の家来みたいな奴だったじゃないか」

「俺は誰も家来になんてした覚えはない。……お前は俺を女王さまって言うけど、高校時代、俺はそんなにえらそうにしてたか？」

鴻上は「えらそうにはしてないな」と答えた。

「してないが、お前は女王さまだった。みんなお前に気に入られたがっていたし、お前の意見に逆らう奴もいなかった」

「そういうのはな、人気者って言うんだよ」

文句を言いながら酒を飲んだ。二本目を飲み終えた頃には悪酔いして、少し気分が悪くなった。鴻上は「言わんこっちゃない」と呆れた顔で、冬樹を寝室に連れていった。

「横になってろ。気分がよくなったらやる」

「やっぱりやるのかよ」

「やるさ」

変な会話だ。鴻上は「お前は俺の愛人だからな」と言って、冬樹の隣に寝転がった。

「何度だって抱いてやる」

「飽きるだろ」

「飽きないね。お前は感度がいいから、まったく飽きない」

くそ、と心の中で毒づいた。本気にしてもからかいにしても、そういう発言はやめてほしい。

「お前なんか嫌いだ。死ぬほど嫌いで腹が立つ」

なぜか鴻上が笑った。やけに楽しげな顔つきだ。

「なんで笑う」

「子供が駄々をこねてるみたいな言い方だから、可笑《おか》しくて」

「俺は本気で言ってるんだ。笑う場面じゃねぇ」

鴻上は「光栄だな」と呟いた。

「光栄？」

「そうだ。誰のことも嫌わない八方美人のお前が、俺だけを嫌っている。俺はお前にとって特別な男ってことだろう？」

特別な男――。それがどういう意味であろうと、鴻上が冬樹にとって特別な存在なのは、間違いのない事実だった。だけど認めるのは悔しい。

「お前なんか特別でもなんでもない。ただ嫌いなだけの相手だよ」

鴻上は小さく頷いた。

「それならそれでもいい。今はお前を愛人にしている。それで十分だ」

何が十分なんだ？　何に満足している？

鴻上の内心が読めない。でも読めないほうがいいのかもしれない。

もし、万が一、鴻上がまだ好意を持っているとわかってしまったら、冬樹も自分の感情と深く向き合わなければいけなくなる。

それは嫌だ。鴻上のことは憎んだままでいたい。嫌いなままでいたい。たとえそれが上辺だけの感情だったとしても、悪感情は心を覆う鎧《よろい》だ。今さら脱ぐことはできない。

鴻上の視線が苦しくて冬樹は寝返りを打った。だが本当に目を背けたいのは鴻上の物言いたげな眼差しではなく、自分の感情だということもわかっていた。

9

深い眠りの中で夢を見た。

夢の中で冬樹は高校生だった。寮の部屋に立っていて、ベッドで寝ている鴻上を見下ろしていた。

高校生の鴻上の寝顔は、どこかあどけなく感じた。きっと現在の冬樹の視点が混ざっているからだろう。当時は誰よりも大人びて見えたが、あの頃は鴻上もまだ子供だったのだ。そのことを強く実感した。

鴻上が目を覚ました。眠そうな顔でうっすら笑っている。胸が甘く高鳴り、鼓動の音が強くなる。

「まだ早いぞ。寝ろよ」

鴻上がかすれた声で言う。冬樹は「うん」と頷いたが動かない。高校生の鴻上をずっと見ていたかった。

「お前もここで寝る？」

鴻上が布団を持ち上げて誘った。照れ臭そうな顔。冬樹は頷いて、鴻上の隣に身体を横たえた。鴻上の体温で暖まった布団は、うっとりするほど心地よかった。

「背中をこっちに向けろ」

言われるがまま鴻上に背中を向ける。すると後ろから抱き締められた。突然の抱擁に息が止まりそうになった。耳もとをくすぐる鴻上の吐息に、心臓が早打ちする。

「駄目だよ、鴻上。こんなの……」

「駄目じゃない。お前だって望んでるはずだ」

鴻上の熱い手が、パジャマの上から胸や脇に触れてくる。いけない。こんなの駄目だ。そう思っているのに、冬樹の身体はどんどん熱を帯びていく。

鴻上の手が股間に伸びてきた。優しくそこを手で嬲《なぶ》られ、息が止まりそうになる。

「ああ……っ」

こらえきれず艶《なま》めかしい声が出た瞬間、唐突に目が覚めた。

いきなり夢から放り出されてしまったせいで、一瞬、何がなんだかわからなくなった。自分はどこにいるのか、今はいつなのか、すぐには思い出せなかったが、背中に確かな温もりを感じて、現実感が戻ってきた。

ここは鴻上のベッドだ。後ろにいるのは鴻上。冬樹の身体を後ろから抱き締めるような体勢で眠っている。腕も前に回され、冬樹の手に重なっていた。

心の中で深々と溜め息をついた。なんてことはない。こんなふうにべったりとひっついて寝ていたから、あんな夢を見てしまったのだ。

暑苦しいし重いので、鴻上の腕を摑んで後ろに戻してやろうかと思ったが、そうすると起こしてしまいそうだ。起こすのはいいが、さすがに鴻上もこの体勢を知ればばつが悪いだろう。朝っぱらから気詰まりな空気に包まれるのも困る。

どうしよう。どうしたらいい？

悩んでいる間にも、妙なドキドキはどんどん高まっていく。本当に勘弁してほしい。新婚カップルだって、こんな鬱陶しい体勢で眠ったりはしない。

もうこれはトイレに行くふりで起きて、ベッドを出るしかないと思いかけた時だった。耳もとで聞こえていた鴻上の規則正しい寝息が止まり、溜め息のような深い吐息を感じた。ギクッとした。まさか起きたのだろうか。

起きたなら、そっと身体を離してくれるだろうと思った。そうするのが自然だ。

ところが鴻上の取った行動は真逆だった。いっそう深く抱き締めるように、腕に力を込めてきた。心臓が絞られるように痛くなる。だがそれは甘い痛みだ。

鴻上の手が冬樹の手に重なった。手のひらを合わせてくる。指先を絡めるようにして握られてから、気づいた。

あの時と同じだ。あの最後の日。あの時もこんなふうに手を握られた。そして冬樹は手を握り返した。あれは鴻上の無言の告白だった。だから冬樹も無言で答えた。ただ手を握り合うことで、互いの気持ちを伝え合ったのだ。

今も同じだとしたら？　これが鴻上の告白だとしたら？

握り返せばどうなるのだろう。愛人から晴れて恋人になれるのか？

冬樹はそんなのは無理だと思った。鴻上にされたことは、絶対に忘れられない。どうしてもなかったことにはできない。どれだけ優しくされても、あの出来事が記憶にある限り、心の底から鴻上を許すことはできないだろう。

それに鴻上が買収を諦めるとは思えない。恋人の会社を乗っ取ろうする男を自分は許せないし、ましてや人生のパートナーにもしたくない。

繋がれた手を見つめながら、心の中で鴻上に語りかけた。

——もう遅いんだよ、鴻上。何もかも遅い。

俺たちは今さらやり直せない。仮に過去の過ちを水に流したとしても、俺たちは上手くいかないだろう。昔の幼かった恋心を愛おしく思うけど、お互いそれ以上に大事なものを持ってしまった。

冬樹が手を離そうとした、その時だった。静かな寝室に、甲高い電子音が鳴り響いた。冬樹のスマホの着信音だ。サイドテーブルに置いてあったスマホを、距離の近い鴻上が摑んだ。鴻上は画面を見て顔色を変えた。

「病院からだ」

差し出されたスマホの画面には、健造の入院している病院名が表示されていた。早朝にかかってくる理由はひとつしか考えられず、血の気が引いた。

電話に出ると、予想したとおりの事態を告げられた。健造が危篤状態に陥ったので、すぐに来てほしいという内容だった。


タクシーで向かうつもりだったが、鴻上が送ると言いだした。一刻も早く健造のところに行きたかったので、好意に甘えることにした。連休中の早朝のせいか道路は空いていて、病院には十五分ほどで到着した。

「ありがとう。助かった」

玄関の車寄せの前で降車し、冬樹は足早に病室へと向かった。最悪の場面を予想したが、健造はまだ生きていた。間に合ったことに心底安堵したが、医師からは時間の問題だと言われた。

すぐに春恵も駆けつけてきた。ふたりで何度も話しかけたが昏睡《こんすい》状態が続き、反応はいっさいなかった。

結局、冬樹が病院に到着してから二時間もしないうちに、健造は静かに旅立っていった。一度も目を開けることはなかった。穏やかな死に顔だったのが、せめてもの救いだった。

健造には妹と弟がいるがどちらともうまが合わず、永らく関係を絶っていた。だが葬儀ともなれば連絡しないわけにもいかない。こちらは面識のある春恵が知らせてくれることになった。

冬樹は新田に電話をかけた。連休の最中に申し訳ないと思ったが、こういう時に頼れるのは新田しかいない。新田は休日だというのに、すぐに来てくれた。

「あとのことは私にお任せください。社長は下に行ってコーヒーでも飲んできてください。外の空気を吸うのもいいでしょう。顔色が悪いですよ」

その言葉に甘えてロビーに降り、自販機のコーヒーを買ってから外に出た。空いているベンチに腰をかけて、コーヒーを飲み始める。味覚が鈍っているのか味がしない。どうにか最後まで飲みきり、ゴミ箱に紙コップを捨てた。

ベンチに座ったままぼんやり駐車場を眺めていて、白いレクサスに気づいた。冬樹はまさかと思いながら立ち上がった。小走りで車に近づいて中を覗き込むと、運転席に鴻上が座っていた。寝ているのか、腕を組んで目を閉じている。

助手席側に回ってドアを開ける。鴻上は目を開けて冬樹を見た。

「ずっとここにいたのか？　帰ってくれてよかったのに」

「気になって帰れなかった。……会長は？」

冬樹は助手席に座り、ドアを閉めた。

「駄目だった」

「そうか。残念だったな。でも間に合ったんだろう？」

「ああ。でも意識は戻らないままだったから、最後なのに何も言えなかった」

鴻上の手が伸びてきて、頭をくしゃっと撫でられた。

「お前の気持ちは、もう十分に伝わっていたはずだ」

「だけど……」

駄目だ、泣いてしまう。そう思った瞬間には、もう目に映る景色が滲んでいた。溢れてきた涙が、頬を濡らして落ちていく。

「だけど、俺は、あの人に何もしてやれなかった……っ」

「俺はそうは思わない。昨日の嬉しそうな顔を見れば、お前の存在がどれだけあの人の心の支えになっていたか、容易に想像がついたからな。だからもう自分を責めるな。あの人は、そんなことを望んでないはずだ」

慰めないでくれと思った。鴻上に慰められると、涙が止まらなくなる。

俯いて泣き続けていると、鴻上の手が頭を抱えてきた。強く鴻上の肩に引き寄せられる。まるで俺の胸で泣けと言わんばかりの体勢だ。

格好つけるなと思ったが、鴻上の温もりに触れた途端、言葉にできない安堵を覚えた。気が緩んだのかもしれない。ますます涙は止まらなくなり、気がつけば自分から鴻上の肩に額を押し当てていた。

「あの人だけが、おじいちゃんだけが、俺の味方だったんだ……っ。誰にも愛されてこなかったけど、あの人だけは俺を可愛がってくれた……。俺にはあの人しかいなかったのに……もう誰もいない、俺

を想ってくれる人は、誰も……」

「そんなことはない。お前の周りには、お前を大事に思ってる人間が大勢いるじゃないか。お前が気づいてないだけだ」

鴻上の声も言葉も、嫌になるほど優しかった。鴻上に慰められながら泣くなんてどうかしていると思ったが、今だけは鴻上に甘えることを自分に許したかった。間違いでもいいから、このままこうしていたい。絶えきれない深い悲しみを、鴻上の優しさでやわらげてほしかった。

「お前はみんなに愛されている。決して孤独なんかじゃない」

子供に言い聞かせるような声だった。優しい手つきで、何度も頭を撫でられる。そうするといくらでも泣けてきて、涙はいっこうに止まらなかった。

昨日見た健造の嬉しそうな顔が、何度も頭に蘇ってくる。もういない、たったひとりの家族を想いながら、冬樹は鴻上の胸で涙を流し続けた。


健造の葬儀は親族だけでの密葬となった。後日、落ち着いてから、あらためて社葬を執り行うことも決まった。

父親の秀一に連絡はした。秀一にすれば、健造は自分の息子を産んだ女の父親だ。ほとんど交流がなかったとはいえ、息子の祖父にあたる人物が他界したのだから、身内として出席するのは当然だろうと思っていた。

だが秀一は「他の親戚《しんせき》の方々の迷惑になるだろう」ともっともらしいことを言い、通夜にも葬儀にも参列しなかった。社葬の時に必ず顔を出すと言っていたが、それも怪しいものだ。分厚い香典を持った名代を送ってくるのが関の山だろう。

葬儀のあと、麻布にある健造の自宅に集まった親戚は、遺産の相続で揉め始めた。健造は弁護士に頼んで正式な遺書を作成していた。現預金、不動産、自宅など、すべて孫の冬樹に与えるという内容だった。いくらなんでもそれはないと、親戚連中はごね始めた。長くつき合いがなかったくせに、こういう時には権利を声高く主張する醜悪さには、反吐《へど》が出そうだった。

冬樹はこの家と相続税にかかる現金だけはもらい受けるが、他は皆さんで分けてくださいと申し出た。それまで胡散《うさん》臭そうに冬樹を見ていた親戚たちは、途端に手のひらを返し、笑みを向けてくるようになった。

夜になって彼らが帰っていくと、やっと気が楽になった。弔問客が訪れるかもしれないので、冬樹はしばらく健造の自宅で過ごすことにした。春恵も当分は通ってきてくれるという。

春恵は帰り際、白木の祭壇の上に置かれた健造の遺骨に手を合わせ、「寂しいですよ、旦那さま」と呟いた。健造がいなくなって寂しいとも取れるし、彼の死を悲しむより一円でも多くの金を手に入れようする、親戚たちのさもしい姿が寂しいとも受け取れる。

冬樹も本当に寂しいと思った。何もかもが寂しい。寂しくてしょうがない。

春恵も帰ってしまうと、広い家の中でひとりきりになった。スマホを取り出して眺めながら、迷った末、鴻上に電話をかけた。病院の駐車場で別れて以来、連絡はしていない。

鴻上はすぐに出た。第一声は「大変だったな」という言葉だった。なぜか泣きそうになった。

「いろんな手続きもあるから、しばらくは祖父の家にいる。……だから、その、愛人契約は一時的に中断してもらえないか。落ち着いたらまた――」

「水城。会って話したいことがある。今からそっちに行っても構わないか？」

強い決意を感じさせる口調だった。嫌だとは言えなくなり、住所を教えた。念のために家の特徴なども言い添えておく。

鴻上は二十分ほどでやって来た。喪服姿のままで玄関に出ると、「頬がこけてるぞ」と言われた。

「ちゃんと食べてるのか？」

「会うなりお袋みたいなこと言うなよ。ちゃんと食べてる。誰もいないから上がってくれ」

鴻上は真っ先に後飾りの祭壇の前に行き、腰を下ろして線香に火をつけた。鴻上は長い間、手を合わせていた。後ろからその広い背中を見ながら、誰よりも深く健造の死を悼んでくれているように思えてならなかった。おかしな話だ。ふたりは一度しか会っていないというのに。

台所にあった缶コーヒーを持って戻ってくると、鴻上は座卓《ざたく》の前であぐらを掻いて座っていた。煙草《たばこ》を吸っている。喫煙している姿を初めて見たので驚いた。

「スモーカーだったのか？」

「渡米してやめたのに、ごくたまにどうしても吸いたくなるんだ。おかげで完璧に禁煙ができない」

一年に何度かの話らしい。それくらいなら健康に影響はないだろう。

「いい家だな。お前が相続するのか？」

「ああ。落ち着いたら、ここで暮らそうかと思ってる」

「そうか。東会長もきっと喜ぶだろうな」

それきり会話が途切れた。静けさが痛い。テレビでもつけておけばよかったと後悔していると、不意にさざめくような、かすかな音が聞こえてきた。雨が降ってきたらしい。静かな雨音に救われる思いがした。

鴻上は物思いに沈むように、ゆっくりと煙草を吸っている。健造の弟がヘビースモーカーで、ずっと煙草を離さない男だった。あの男が吐き出す煙は不快でならなかったのに、不思議と鴻上の吐く紫煙は気にならなかった。むしろ、懐かしい感じがした。

健造も昔は吸っていたのだ。確か冬樹が中学に上がる前までは、家でいつも喫煙していた。健造の煙草の匂《にお》いだけは、やっぱり嫌な感じがしなかった。

「……話したいことって？」

なかなか鴻上が切り出さないので、とうとう冬樹のほうから水を差し向けた。鴻上は短くなった煙草の吸いさしを、灰皿に押しつけた。

「お前との愛人契約を解消する」

「え……？」

聞き間違いかと思った。鴻上は冬樹を見据え、また口を開いた。

「もう俺の愛人でいる必要はないと言ったんだ。取引は中止、要するにディールブレイクだよ」

「どうして急に……？」

鴻上は缶コーヒーのプルタブを引き上げ、コーヒーを飲んだ。

「お前がＴＯＢを待ってくれと俺に泣きついてきたのは、東会長のためだったはずだ。今にも死にそうな祖父に、会社の買収危機を知られたくなかった。だからお前は俺との取引に応じたんだ」

気づかれていた。いつから鴻上に知られていたのだろう。

「そうなんだろう？」

「……ああ。もう長くはない祖父に、買収危機の話は絶対に聞かせたくなかった。あの人にとって東栄電工は人生そのものだった。あの会社にすべてを捧《ささ》げてきたんだ。それを誰かに奪われるなんて、祖父には耐えられない。苦痛を与えたくなかった。どうしても心穏やかに人生を全うしてほしかった」

鴻上は頷いて、またコーヒーを飲んだ。

「お前の願ったとおりになったじゃないか。東会長は孫のお前に会社を托《たく》し、安心して死んでいった。だったらもう俺の愛人でいる理由もないだろう」

そうだ。一か月という期日を、もう待つ必要はない。だけどいきなりすぎて頭が混乱している。

「でもこの状況で、いきなりＴＯＢは困る。できればもう少し待ってくれないか」

「俺だって鬼じゃない。一週間は待つ。それでいいな？」

頷かないといけない場面だった。なのに身体が動かない。鴻上がふっと笑った。

「水城、どうして迷う必要がある？　俺の愛人でいるなんて嫌だろ？」

「ああ、嫌だ」

取引で愛人関係を結ぶなんて嫌に決まってる。

「だったら頷けよ。愛人契約は今夜限りで解消だ。いいな？」

今夜限りで――。

愛人でなくなれば、もう二度と鴻上の部屋に行くこともないし、鴻上が冬樹の部屋に来ることもない。これからは買収を仕掛ける側と仕掛けられる側のトップとして、ビジネスだけでかかわる。

「……わかった。それでいい」

返事を聞いて鴻上は立ち上がった。もう冬樹にはなんの未練もないというような、さばさばした態度だった。

見送るために冬樹も立ち上がった。玄関に行って引き戸を開けると、庭は雨で濡れていた。車庫まではわずかな距離だが、客を濡れさせるわけにもいかない。冬樹は傘を開いた。

「車まで送る」

ひとつの傘に収まって歩きだす。鴻上がふと足を止めて、庭の植木に視線を向けた。

「いい匂いがすると思ったらクチナシか。随分と早咲きだな」

白い花がいくつも咲いていた。八重のクチナシだ。まとわりつくような甘い香りが漂っている。クチナシの花を眺める鴻上の横顔を見ていたら、唐突に激しい何かがこみ上げてきた。

この男は卑怯だ。散々、人のことを振り回しておいて、結局、本心は何ひとつ口にしない。

「最後にひとつだけ教えてくれないか」

鴻上が首を曲げて振り返る。冬の夜空のように冷え冷えとして、胸が痛くなるほど澄んだ瞳だった。そんな場合じゃないのに、きれいな瞳だと思った。

「なんだ？」

「お前は俺のことをどう思ってる？　本心で答えてくれ」

鴻上はしばらく無言で冬樹を見ていた。それから視線を合わせたまま、口もとだけで薄く笑った。

「今さらそんなことを知って、どうなるっていうんだ？」

「どうにもならないさ。どうにもならないけど、それでも誤魔化さずに本心を言ってほしいんだ」

言いながら冬樹は、卑怯なのは自分も同じだと思った。冬樹だって本心を隠している。なのに鴻上だけに言わせようとしている。

「わかったよ。そんなに言うなら正直に言ってやる。――俺はお前に惚れてる」

単刀直入すぎる言葉に、鋭い刃《やいば》で胸を貫かれたような気がした。一瞬、全身から力が抜けてしまい、傘を落としてしまった。傘は音もなく地面に転がった。

降り注ぐ雨が、鴻上の髪や肩を濡らしていく。鴻上が瞬きすると睫毛《まつげ》に溜まった雫が頬に流れ落ち、それがまるで一筋の涙のように見えた。

鴻上はゆっくりと傘を拾い上げ、冬樹に向かって差し出してきた。受け取ろうとして手を持ち上げる。だがその手は柄に触れる前に、鴻上に摑まれた。

強い力で引っ張られ、鴻上の胸に抱きすくめられた。もうすっかり覚えてしまった馴染みのあるフレグランスが、かすかに鼻孔をかすめていく。よく知っている鴻上の匂い。咄嗟に目を閉じた。

「高校の頃からずっと惚れてる。何度も忘れようとしたが無理だった。京都にいた頃も、アメリカに渡ってからも、帰国したあとも、お前はずっと俺の心の中に住み続けていた。同窓会で再会して、そのことを思い知らされた。俺の気持ちを摑んで離さないお前が、心底憎らしくなった。いつまで俺を振り回したら気がすむんだろうってな」

やっぱりそうだった。鴻上は自分を好きだった。何度も身体を重ねたが、あのすべての夜には欲望だけではなく、ちゃんとした想いがあったのだ。

事実を知って感じたのは、嬉しさより悲しみだった。好きなのに、どうして鴻上はこんな愛し方しかできないのだろう。高校の時も、今も、ひどい真似ばかりする。

「好きなのに、どうしてあんなことをしたんだ」

「あんなこと？」

冬樹は両手で鴻上のたくましい胸をそっと押しやった。

「高校での、最後の日のことだよ」

鴻上は眉根を寄せ、「決まってるだろう」と答えた。

「好きだからだよ。お前が好きだったから、どうしても我慢できなかった。お前だって男なんだからわかるだろう？　好きな相手が無防備に寝ているのを見て、平気なほうがどうかしてる」

レイプしたことをまったく悪いとは思っていないと、断言したのも同じだ。鴻上は自分が間違っていたと認めたくないのだろう。だから謝る気もないのだ。

やっぱりなんの反省もしていないんだな、と思ったら、虚《むな》しくなった。もしかして鴻上にすれば、最後に好きな相手を抱けたのだから、むしろいい思い出になっているのかもしれない。

「そんなに嫌だったのか？　お前だってあの頃は俺を好きだったはずだ。だったらそんなに嫌がらなくてもいいだろう。それにもう昔の話じゃないか」

やめてくれ、と思った。聞くほどに悲しくなってくる。鴻上は水城の味わった苦しみを、まるでわかっていない。何ひとつ理解しようとしていない。

「好きならなんでも許されるのか？　俺の意思はどうでもよかったのか？　やっぱりお前は傲慢な男だよ。俺を女王さまだなんて言って責めるけど、お前のほうがひどい。……俺たちは、とことん相性が悪いらしい」

鴻上は、あのいつもの皮肉な笑みを浮かべた。

「俺はそうは思わないけどな。……残念だよ。身体の相性は最高に合うのに」

最後の憎まれ口だと思ったら、怒る気にもなれなかった。鴻上は冬樹の手に傘を握らせると、背中を向けて歩きだした。

鴻上の車が車庫から出ていくのを見送り、冬樹は踵を返した。クチナシの甘い匂いがしつこく追いかけてくる。いつまでも消えない匂いに苛立った。まるで自分の煮えきらない感情みたいだ。断ち切りたくて、玄関に入るなり引き戸を強く閉めた。

冬樹は上がり框《かまち》に腰を下ろし、項垂《うなだ》れた。

やっぱりあいつはひどい男だ。それなのに心底憎めない。ずっと憎んでいるつもりでいたけど、憎しみの陰には捨てきれない恋しさもあった。再会して、そのことがよくわかった。

憎みきれず、かといって恋しさだけに溺れることもできない。相反する感情を同時に持ち続けている限り、結局どこにも行けないのだ。同じ場所をぐるぐる回り続け、疲弊していくだけの心。

悲しいわけでもないのに、涙が湧いてきた。

なぜ泣くのか自分でもわからない。わからないが、無性に泣きたかった。

10

その日、冬樹はスマホにかかってきた一本の電話で起こされた。時計を見ると、まだ六時になったばかりだった。

「おはようございます。朝早くに申し訳ありません」

緊張を滲ませた新田の声。聞いた瞬間に理解した。来るべき時が来たのだ。

「公告か？」

「はい。今朝の朝刊に掲載されています」

「俺もすぐ確認する。待っててくれ」

パジャマ姿のまま玄関を出て、ポストまで朝刊を取りに行った。東家には毎朝、経済新聞と日刊紙三紙が配達されるが、そのうちの二紙にバーンズ・キャピタル・マネージメントによる公開買付開始公告が、大きく掲載されていた。

——公開買付公告開始についてのお知らせ。

見出しに続き、対象者の名称の欄には東栄電工株式会社と記載されている。

「公開買付価格は千二百十五円か」

「このところの株価低迷に加え、会長がお亡くなりになったこともあって、当社の株価はここ最近、九百円くらいで推移しています。ですので、三十五パーセントのプレミアムをつけてきたことになりますね」

公開買付期間は今日から三十日間で、鴻上が以前言ったとおり買付予定株数は上限なし下限なし。つまり百パーセント買いつけるということだ。さらに公開買付け後は上場廃止をして、非公開化の可能性があることも記載されていた。こちらにとっては、かなり分が悪い。

「新田、すぐにプロジェクトチームに収集をかけてくれ。八時から緊急対策会議を開始する」

「承知いたしました。では後ほど」

電話を切ったあと、冬樹は後飾りの祭壇の前に座り、線香を供えて手を合わせた。会社を托してくれた健造のためにも、そして大勢の社員のためにも、そして自分自身のためにも、この闘いは負けられない。なんとしてでも、勝たなければならない。

鴻上は買収を株主の利益のためと言ったが、しょせんそれも言い訳にすぎない。ＢＣＭの目的は当然、金だ。このディールに勝ち、大きな利鞘《りざや》を手に入れようとしている。

買収によって経営陣が変わることで、もしかしたら東栄電工はもっと儲かる企業になるかもしれない。けれど会社というものは、利益という結果だけで計れる組織ではないはずだ。働く社員たちがいて、彼らの技術や努力によって商品はつくられる。そしてそれを買ってくれる消費者がいて、会社は成り立つ。企業としての理念や理想、地域に根づいた社会貢献、ありとあらゆるものが結実して会社は存続していくものだ。

何も生み出さず、マネーゲームで金を儲けているような連中に、負けるわけにはいかない。

「おじいちゃん。お願いです。どうか俺に力を貸してください」

写真の中の健造は穏やかに微笑んで、冬樹を見つめ返していた。

「——これから社内外から多くの問い合わせが来るでしょうが、現段階では『公開買付けの内容を慎重に検討してから、会社としての意見表明を出す予定なので、それをお待ちください』とのみ回答するよう、指示を出してください。各部署への指示徹底は、大貫《おおぬき》広報部長にお任せします」

冬樹の指示を受け、広報部長の大貫が「かしこまりました」と大きく頷いた。役員会議室には専務、常務、執行役員、各部署の責任者、それに社外のプロジェクトチームメンバーである、フタミ証券の矢沢と弁護士の飯野など、総勢十八名の人間が揃っている。

「本日の午前十一時に当座の意見表明をプレスリリースし、同時に関東財務局に意見表明報告書を提出します。文案はすでに用意しています。事実調査チームは公開買付け内容の分析、及び買付者の最新分析をお願いします。株価分析チームはフェア・バリューのブラッシュアップを。その際、いくつかの事態を想定した複数の算定をお願いします。情報統括チームはプレスリリースの最終チェックと、問題がなければ同様の内容で意見表明報告書を作成してEDINETに登録し、兜倶楽部《かぶとくらぶ》にもプレスリリースの投げ込みを行ってください」

EDINETは金融庁が所管する電子情報開示システムで、兜倶楽部は東京証券取引所ビル内にある記者クラブのことだ。

「プレスリリース投げ込み後、記者会見をなさいますか？」

情報統括チームの責任者である広報部長の大貫が、挙手をして質問した。

「質問が殺到すると困りますから、本日は行いません。正式な意見表明は明日の午後三時に出し、その後、記者会見を行う予定です。それから本日の午後七時に、二度目の緊急対策会議を開催します。それまで各自、これまでの打ち合わせ通り動いてください。緊急を要する連絡がある場合は、私の携帯に直接連絡してくださって結構です。……私からの話は以上です。何か重要だと思われる質問がある方は、今どうぞ」

重要でない質問をしたら許さないと言われたのも同然だから、誰も何も言わない。全員が冬樹の気迫に呑みこまれているようだった。

「ありませんね？　では、よろしくお願いいたします」

緊急時に長々と会議をしている暇はない。冬樹は立ち上がって、足早に会議室を出た。

めまぐるしい一日になった。社内全体も浮き足立って、社員たちの動揺が空気として伝わってくる。会社の屋台骨だった会長を失った直後に、買収問題が持ち上がったのだから当然だろう。

通常の業務もこなしつつ、ひっきりなしにかかってくる電話の応対に追われているうち、あっという間に二回目の会議の時間がやってきた。

それぞれが持ち寄った情報を分析した結果、ＢＣＭがつけた買付価格の千二百十五円は、明らかに低いということで意見がまとまった。ＢＣＭは最近の下落した株価に三十五パーセントのプレミアムをつけてきたが、少し前までの千円という株価で計算すれば、二十一・五パーセントのプレミアムにすぎない。それにそもそも千円という価格そのものが、東栄電工本来の価値を反映した株価とは言えないのだから、明らかに低すぎる価格だ。

「ＢＣＭがプレミアムをつけて東栄電工の株を百パーセント取得したとしても、そのコストは我が社が保有する投資有価証券だけ売却すれば、十分におつりがくる計算です」

財務部長の日浦《ひうら》の説明を聞いて、冬樹は「やはりそうですか」と頷いた。

「ＢＣＭの狙いは、会社の清算価値と市場価格の差から生じる利鞘ですね」

「はい。我が社は現在、群馬に新工場を建設中です。こちらが稼働し始めれば生産性はアップし、事業拡大に伴い収益増も見込めます。それも試算に盛り込めば、我が社のフェア・バリューは千六百円になります。ですから、株主が今回のＴＯＢに応募すれば損をすることになるでしょう」

社外取締役の江藤が「それを聞いて安心した」と頷き、冬樹に顔を向けた。

「我々は株主の利益を守るために、防衛策を講じるわけですね？」

公平性を期する立場にある江藤にとって、そこは大事なポイントだ。経営陣が保身のためだけに策を講じるなら、彼は防衛に反対を表明せざるをえない。

ＢＣＭは株主の利益を向上させるという正当性を掲げて買収をしかけ、東栄電工は株主の利益を守るためという大義名分のもとで防衛策を練る。実際にそれぞれが何を考えていようが、『株主のため』という大前提さえあればいいのだ。

建前と本音の狭間に立ちながら、冬樹は急に虚しくなった。経営者にとって会社を上場することは夢だ。自分の子が立派に育ち、晴れて誰からも認められ一人前になるようなものだろう。けれど実際は上場するということは、会社が自分の手を離れ、自分だけの子供ではなくなるということなのだ。資本の論理の前では、経営者の想いなど容易く踏みにじられていく。

「では株主の利益を守るため、ＢＣＭの本公開買付けには反対するという趣旨の意見表明を、明日の三時に出します。ＴＯＢ価格が安すぎるという合理的根拠を織り込んだ文案を、明日の午前中までに作成してください。金田《かねだ》経営企画部長、お願いできますか？」

戦略策定チームの金田は、「ただちに」と頷いた。金田は隣に座っていた広報部長の大貫に「資料を揃えていただけますか？」と声をかけた。

「過去のプレスリリースや、ＩＲ説明資料などにも目を通したい」

「了解です。今夜は泊まり込みになりそうですな」

その言葉を聞きつけた新田が、「遅くなる方には、夜食をお届けしますよ」と言った。珍しく優しいことを言い出したので、冬樹はどういう風の吹き回しだろうと思った。

「それは有り難いですな」

「鰻重《うなじゅう》なんていかがですか？　社長の奢りですから遠慮なく」

「えっ」

思わず新田の顔を見た。よほど焦って見えてたのだろう。全員が大笑いした。

「私もお手伝いしますから、社長、鰻重ぜひお願いしますよ」

緊張が解けたのか、それまで固い顔で黙っていた法務部長の勝野《かつの》が明るい声で言った。

「じゃあ、私も居残ろうかな」

「俺も残るよ。社長、お吸い物もつけてくださいね」

執行役員の川内までもがそんなこと言う。

「わかりました。なんでも好きなものを注文してください。ですが私のポケットマネーで奢るのは、一度だけですからね」

「そんなケチ臭いことをおっしゃらずに、毎晩でも鰻重を食べさせてやるから、みんなしっかり頼んだぞ、とか――」

「言わないよ、そんなことっ」

新田が勝手なことを言うので、また慌ててしまった。おかげで二度も全員に笑われる羽目になった。

だが一体感が強まった。全員の顔には、共に力を合わせて敵を迎え撃とうという強い意気込みが見て取れる。

大きな目的の前に、会社の主軸となる人間たちが強く結束していくのを目の当たりにし、冬樹はあらためて、このディールに負けるわけにはいかないという想いを強くした。


二日目の朝、三度目の緊急対策会議が行われ、集まったメンバーに正式な意見表明の文案が配られた。全員で話し合い、織り込んではまずい文言などを削除していく。

午後から行われた臨時取締役会では、完成した正式な意見表明のプレスリリースと意見表明報告書のドラフトを配布し、中身について十分な説明をしたあとで、議長の冬樹が採決を取った。全員一致で決議された。

午後三時の公表と記者会見に向け、にわかに慌ただしくなった。社長室に入ってきた新田が、ファイルを差し出した。

「質疑応答の想定です。会見までに頭に叩き込んでください」

ざっと目を通して、さすがだと感心した。新田が作成した想定Q＆Aは完璧だった。あらゆる角度からの質問に対し、完璧な答えを用意している。

「落ち着いて、ゆっくりと喋ってください。質問した記者の顔をじっと見て、ひと呼吸置いてから答えるように」

新田が口うるさくアドバイスしてくるので、思わず笑ってしまった。

「なんですか？」

「いや、なんだか謝罪会見をするみたいだと思って。要は堂々と答えればいいんだろう？」

「堂々としすぎれば嫌みになります。かといって、おどおどすれば無能に見えます。社長は若いので、少し緊張した様子を見せながらも、そのうえで落ち着いて喋るのが好印象に繋がるかと。印象は大事です。社長のイメージがよければ、会社のイメージアップにも繋がりますからね」

「わかったよ。こんな頼りない男じゃ駄目だと思われないように頑張る。……ところで、ネクタイはどの柄がいい？」

会社に置いてあった数本のネクタイを持ってきて新田に見せた。新田は落ち着いたブルーのレジメンタル・ストライプタイを選んだ。

「海外、特にヨーロッパでのフォーマルな席や公の舞台では、レジメンタルは身につけないほうがいいんですが、ここは日本ですから気にしなくていいでしょう。ぜひこれをつけて、記者会見にのぞんでください」

「こっちのストライプじゃ駄目なのか？」

もう一本のストライプはシックなワイン色だ。冬樹の好みで言えばこっちだった。

「そちらはアメリカン・スタイルのストライプです。絶対にいけません。こちらのヨーロピアン・スタイルにしてください」

断固とした口調だった。なぜ駄目なのかまるでわからない。冬樹が知らないだけで、そういうしきたりでもあるのだろうか？

「理由を教えてくれ」

新田は二本のネクタイを手に取り、自分の胸もとに垂らして見せた。

「ヨーロピアン・スタイルは右肩上がり、アメリカン・スタイルは右肩下がりです。負けられない勝負に臨むというのに、右肩下がりのネクタイなんて縁起が悪すぎます」

「あ……」

ストライプの向きなんて気にしたことがなかったが、言われてみれば確かにそのとおりだった。

「お前って縁起を担ぐタイプだったんだな。意外だよ」

「いくらでも担ぎますよ。社長をこんなところで、負けさせるわけには参りませんからね」

眼鏡のブリッジを指先で押し上げ、新田はうっすらと笑った。

「社長、お願いがあります。私は今月いっぱいでミズシロテクノロジーズを退社しますから、東栄電工の社員として正式採用していただけませんか」

笑みを浮かべた新田の顔を、冬樹は瞠目《どうもく》して見つめた。買収危機に見舞われている会社に入社したいなんて、どうかしている。

「奥さんには相談したのか？」

「はい。家内は私のしたいようにすればいいと言ってくれました」

胸が熱くなった。新田は退路を断って、この闘いに望もうとしているのだ。何があっても冬樹を支えていくという決意を、こういう形で表明している。

「わかった。お前がそこまで言ってくれるのなら、そうしよう。……ありがとう」

礼を言った時、不意に鴻上の言葉を思い出した。

――お前の周りには、お前を大事に思ってる人間が大勢いるじゃないか。お前が気づいてないだけだ。

あの言葉は本当だった。ＢＣＭがＴＯＢを表明したあと、友人や知人から電話やメールがたくさんあった。心配の言葉や励ましの言葉の数々は、冬樹に向けられたみんなの優しさだった。

冬樹は新田が選んでくれたネクタイを締め、東京証券取引所ビルがある日本橋兜町へと向かった。日本の株式市場における取引は、昼休みを挟んで午前と午後に行われるが、前者を前場、後者を後場と言う。後場は午後三時までだ。だから午後三時過ぎに兜倶楽部で案内を行い、午後四時頃から会見を開始するのが流れ的にちょうどいい。

三時五十五分、冬樹は東京証券取引所の会見場に入った。どれだけの記者が集まるのか心配だったが、会見場は大勢の記者で埋め尽くされていた。テレビカメラも入っている。外資ファンドによる敵対的買収とあって関心は高そうだ。

時間になったので会見を開始した。冬樹は挨拶を済ませたあと、プレスリリースを丁寧に読み上げた。すぐに質疑応答が始まり、さまざまな質問が飛んできた。

ＴＯＢ価格が安いとしているが、第三機関の企業評価は取得しているのか？　取得しているのなら、第三機関に提出した今後の事業計画について説明をしてほしい。

株主の反応は？　どういった意見が寄せられているのか？

どのような防衛策を講じるつもりなのか？

どの質問にも冬樹は落ち着いて対応した。詳細なデータが必要な質問以外は、資料やマニュアルはいっさい見ずに答えた。くり返して強調したのは、ＢＣＭの示した買付価格は東栄電工の企業価値を正当に反映していない、この買付価格は低すぎるという部分だった。株主に株の売却を思いとどませるためにも、ストレートに訴えるしかない。

「東会長がお亡くなりになった直後にこういう事態が起き、株主はもちろん、社員の間にも動揺が広がっていると思いますが、いかがでしょうか？」

その質問にはすぐに回答できなかった。健造の死とこの危機を結びつけて話したくないという思いがあったからだ。冬樹はしばらく黙り込んでから、質問した記者を見つめ返した。

「東会長は常々、会社はたくさんのもの繋ぐ器だと言い続けてこられました。決して利益だけを追求せず、人の成長、技術の開発、社会貢献、そういった部分をそれぞれ大事にして繋ぎ合わせていく。それこそが、意義のある会社経営なのだと。東会長の経営理念は社員の中にしっかりと息づいています。動揺はあるでしょうが、弊社社員なら大丈夫です。私はいっさい心配しておりません」

きっと多くの社員もこの会見を見るだろう。馴染みのない新しい社長の言葉がどこまで届くかわからないが、健造が大事にしてきた彼らに、今一度、会長のことを思い出してもらいたかった。

会見は滞りなく終了した。控え室に戻り、新田に「どうだった？」と尋ねた。

「まずまずでしたね。及第点は差し上げましょう」

「手厳しいな」

冬樹が顔をしかめると、新田はにこりともせずに言い返した。

「社長はハンサムすぎるのがいけない。まるで人気俳優が社長という役柄を演じているよう見えてしまいます」

「そんなの俺の責任じゃないだろう」

「ええ。そうですよ」

ひどい話だ。もっと不細工に生まれてくれればよかったというのか。

「さあ、会社に戻りましょう。仕事は山積みです。明日からは主要な株主を訪問していきます。直接会って説得するのが、一番効果的ですからね」

息をつく暇もないとはこのことだ。冬樹は帰社したあとも、夜中まで仕事をこなした。

大変な状況だが仕事に没頭していると、余計なことを考えずにすむ。ＴＯＢが始まる前までは、何かにつけ鴻上のことを思い出しては、やり切れなさに襲われて溜め息ばかりついていた。だが今はそんな暇もない。この苦しい状況も冬樹にとっては、ある種の救いだった。

記者会見の翌日、東栄電工の株価は千百八十円まで上昇して、ＴＯＢ価格の千二百十五円に迫りかけたものの、その後は硬直状態になった。

百パーセント取得のＴＯＢの場合、市場で買ってＴＯＢで売却しようとする投資家も出てくるため、ＴＯＢ価格よりわずかに低いままで価格が落ち着いてしまうことが多い。このままＴＯＢ価格を上回らなければ、多くの株主がＢＣＭに株を売ってしまうことになるだろう。

毎日、緊急対策会議が行われ、有効な対応策についての話し合いが続いた。余剰金を吐き出す増配策。安定株主に対する防戦買いの要請。経営陣による買収のＭＢＯ等々。だがどれも簡単にはいかないし、何かしらの問題がある。誰かが強く押しても、誰かが懸念事項を並べ、結論に至らない。

ミズシロにホワイトナイトになってもらうという案も出た。ホワイトナイトは敵対的買収に対抗する手段のひとつで、友好的な第三者に自社株を買収してもらうことだ。発行済み株式総数の三分の一さえ確保できれば、拒否権を行使することもできる。

ミズシロにもタッチパネル用部材の部門がある。業界大手の東栄電工を合併、あるいは子会社化するのはミズシロにとっても悪い話ではないだろうというのが、提案者の見解だった。

他企業の参加に収まるのは、会長の意思に反すると言って反対する者もいた。だがBCMに買収されるよりはましだという多数意見に押され、最終的な判断は冬樹に委《ゆだ》ねられた。個人的には秀一に助けを求めるような真似はしたくなかった。しかし会社を守るべき社長として、ここは私情を捨てようと思い、ミズシロ側に打診することを約束した。

会議後、秀一に電話をかけ、相談したいことがあるので会って話がしたいと申し出た。秀一は赤坂にある料亭で会おうと言ってきた。自宅に冬樹を呼ばないのは、良子の機嫌を損ねるのが嫌だからだ。料亭にはひとりで向かった。新田は同席したがったが、ひとまず感触を探ってみると言い訳して、同行させなかった。

「就任早々、会長が亡くなり、おまけに買収危機とは、お前もついてないな」

料亭の個室で向き合うと、秀一は同情するような口調で話しかけてきた。もうじき六十歳になるが、見た目は若々しくて颯爽としている。いかにも切れ者の経営者という雰囲気だ。冬樹も他人なら憧れただろう。だが実際は自己保身しか頭にない小心者だと知っているから、今では見栄《みば》えのいい外見にさえ苦々しいものを感じる。

「会長の余命が短いのはわかっていたことですし、買収も東栄電工がそれだけ魅力のある会社だという証拠です。ここを乗り切りさえすれば、弊社はますます飛躍していくでしょう」

「乗り切れるのか？」

冬樹は「そのことなんですが」と呟き、秀一を見据えた。

「お願いがあります。ミズシロの力をお貸しいただけないでしょうか」

「具体的に言え」

「ホワイトナイトになっていただきたいのです。ミズシロのタッチパネル部門は低迷していますが、弊社は業界トップクラスです。弊社を傘下に入れることは、ミズシロにとってもうま味のある話だと思います」

秀一は酒を置いて、冬樹を見つめ返した。表情だけではその内心が読めない。

「BCMに対抗して、カウンターTOBをかけろというのか？」

「はい。弊社には現預金やファイナンス余力がかなりあります。メリットの大きさを鑑《かんが》みれば、TOB合戦になったとしても、BCMより買取金額を多く出せるはずです」

十分に勝ち目のあることを強く訴えた。だが秀一は「無理だ」と即答した。

「うちがホワイトナイトになれば、世間はミズシロが東栄電工を助けたのではなく、父親が息子を助けたと思う。ビジネスに私情を持ち込んだと思われれば、今度はうちの株主が黙っていないだろう」

わかっている。だから冬樹もあくまでもビジネスとして、分析シートも作成したうえで、ホワイトナイトになってほしいと頼んだのだ。

「助けたいのはやまやまだが、株主に突き上げられるのは困る」

「突き上げられたくない相手は株主ではなく、あなたの妻でしょう」

思わず嫌みが口をついて出た。秀一は不快そうに顔を歪めた。

「そういう言い方はよせ。お前の母親だろう」

「いいえ、あの人は私の母親ではありません」

「実の母親ではないが、お前を引き取って育ててくれた人じゃないか」

「育てる？」

笑いが出た。よほど皮肉な顔つきになっていたのだろう。秀一はグッと眉根を寄せた。

「確かに金銭的にはお世話になりましたが、私はあの人に何かしてもらったことは一度もありません。いつも無視され、時には薄汚い野良犬を見るような目を向けられ、常に邪魔者扱いされてきました。あの人がどれだけ私を嫌っていたか、お父《とう》さんもよく知っているはずです。それなのにあなたはいつも妻の顔色を窺ってばかりいた」

秀一は黙り込んでしまった。いつもこうだ。少しでも立場が悪くなるとだんまりを決め込む。

この人には何を言っても無駄なのだ。まるで暖簾《のれん》に腕押し。仕事はできても家族の問題には、何ひとつ対処できない。というより、する気がない。

「……わかりました。ホワイトナイトの件は諦めます。本日はお時間をいただき、ありがとうございました」

冬樹は深く一礼して立ち上がった。廊下を歩きながら、どうしても口元が歪んできた。

もし秀一が少しでも悩む素振りを見せてくれれば、必死で食い下がってみようと思っていたが、あまりにもあっさりと断られた。今さら失望などしないが、予想したとおりの結末に笑いたくなる。

こうなると知っていたから、新田を連れてこなかったのだ。父親に冷たくあしらわれる惨めな姿を、見られたくなかった。親子だから助けてくれるどころか、親子であることを理由にして断られてしまった。ビジネスとして悪い話ではないのに、熟考の余地もないらしい。

健造の自宅に帰ってくると、春恵のつくってくれた料理が冷蔵庫に何品か入っていた。レンジで温めて居間の座卓で食べ始める。あまり食欲がないので、どうしても酒を飲むばかりになった。

酔ってきたので畳の上に寝転がった。木目の天井を眺めながら、不意に鴻上に会いたいと思った。会えるはずもないのに、一度会いたいと思うと恋しさはどこまでも高まり、手に負えなくなってきた。

——俺はお前に惚れてる。

あの夜の告白の言葉を、頭の中でリピートさせる。甘い飴《あめ》を舌の上で転がすように、何度も何度も。連鎖反応的にいろんな記憶が蘇ってきた。高校時代の鴻上。教室で、廊下で、校庭で、食堂で、いつも鴻上の姿を追っていたあの頃。ひとりでいることが多かった孤独な肩を思い出すと、胸が締めつけられそうになる。あの肩の隣にいたかったのに、いつだって見ているしかできなかった。

恋しさを募らせながら鴻上のことを思うと、再会してからの傲慢な態度でさえ、不思議と愛おしく思えてきた。あんな態度を取りながら、実際は冬樹との再会や、一緒に過ごす時間に胸を高鳴らせていたのだろうか。

鴻上のセックスも思い出す。優しくて情熱的だった。今ならわかる。あれは言葉にできない想いを行為に込めていたのだ。好きだと言えない代わりに、唇で、舌で、指先で、その気持ちを語っていた。

重ねた肌の感触。熱っぽい眼差し。甘く獰猛な唇。撫でられた手のひらの感触。何もかも鮮明に覚えている。過去のセックスの一部始終を辿っていると、胸が詰まって息苦しくなった。

鴻上が欲しい。強く抱き締められたい。そして同じだけ強く抱き締めたい。

無理だとわかっている。冬樹自身で終わらせた関係だ。けれど頭ではわかっているのに、心は鴻上を求めていた。狂おしいほど求めて、涙まで出てくる。苦しくてたまらない。

あの男は今、どんな気持ちでいるのだろう。惚れた相手が必死で守ろうとしている会社を、無慈悲に奪おうとしている自分の行為を、どう思っているのか。

きっと何も思っていないのだ。仕事だからと割り切っている。

そういう冷たい男だとわかっていても、恋しがる気持ちは消えてくれない。そんな自分が情けなくて惨めで、冬樹は耐えきれなくなり両手で顔を覆った。

けれど強く閉じた瞼の裏に浮かぶのは、やはり鴻上の顔だった。

11

ＢＣＭによる公開買付けが開始されてから二週間が過ぎた。

東栄電工の株価は最高で千二百十二円まで上昇したが、その後は千百八十円前後に張り付き、動かなくなった。出来高は通常の何倍にも大きく膨れあがっている。

このままいけばＢＣＭのＴＯＢは成功するかもしれない。冬樹は悩んだ末に、緊急対策会議で大幅増配策を呈示した。現在の配当は年十五円だが、二百円まで引き上げるという大胆な内容だった。

これまで何度も反対されてきたが、やはり増配策には全員の同意が得られなかった。

「増配策を公表したからといって、我が社の財務状況では株価がＴＯＢ価格を上回るという保証はありません。それに三月末の配当基準日以降に買った株主は増配を受けられませんので、ＢＣＭに株を売る可能性が高くなります」

「増配は一度しか使えない手です。再び買収危機がきたらもう打つ手がない」

「今でも二億円以上を配当に回しているんですよ。二百円まで上げたら毎年三十億ほど必要になります。内部留保がそんなに流出したら、我が社の資産は数年で空っぽになってしまいます」

それらの意見はもっともだが、増配策が一番理に適《かな》った対抗策だ。

「増配策の公表と同時に、特許取得済みの新技術を用いた新製品を、群馬新工場で生産開始することも発表します。それらのシナジー効果で、必ず株価は大幅に上昇するはずです」

そう繰り返し訴え、冬樹は根気強く反対派を説得した。最後はどうにか増配を対抗策にすることで、全員の意見はまとまった。冬樹の粘り勝ちだ。

増配策は取締役会でも無事に決議し、さっそくプレスリリースの作成を開始した。すべての準備が整った三日後、冬樹は兜倶楽部で再び記者会見を行った。

「弊社の自己資本は、長期の事業展開に十分耐えられる水準に達しました。つきましては当面はこれ以上、内部留保を積み上げる必要はないと考え、この機会に厚みを増した余剰金を株主さまに配当として還元することにいたしました。配当金は従来の十五円から二百円に大幅修正する予定です」

ちょうど決算発表日を迎えていたので、新工場での新商品生産の公表に加え、増収増益の今期予想も公表した。

結果は冬樹の狙いどおりになった。これらの発表に株式市場は好感したのだ。

翌日、東栄電工の株価はＴＯＢ価格を大きく超えた千六百円にまで上昇した。その後もその価格を維持し続けた。

結果、ＴＯＢに応募する株主はほとんどなく、ＢＣＭにより敵対的ＴＯＢは失敗に終わった。

「社長のご決断に間違いはありませんでしたね。本当にお疲れさまでした」

社長室に現れた新田は、満面の笑みを浮かべていた。この男でも嬉しい時はこんな顔をするんだな、と驚いた。会社で歯を見せて笑う新田を見るのは初めてだ。

「これで心置きなく社葬にのぞめるよ」

健造の社葬はもう来週に迫っている。株主総会も近いし、まだ当分は気ぜわしい日が続きそうだ。

「そうですね。社葬当日は、社内のロビーにも会長のお写真などを飾った仮祭壇を用意いたしましょうか？」

「ああ、それはいいな。社葬に参列できない社員のためにも、ぜひそうしてくれ」

「はい。……大丈夫ですか？　空気が抜けた風船みたいな顔をされてますよ」

どんな顔だよ、と苦笑が漏れた。だが実際、気が抜けてしまって、しばらくは難しいことは何も考えたくないというのが本音だった。

「しっかりしてくださいよ。ＴＯＢは失敗に終わりましたが、ＢＣＭが依然、我が社の大株主であるという現状は変わっていません。それに一度、買収の対象となった企業は、投資家にも社会的にも『狙われやすい会社』と認識されます。投機的な売買が増加して株価の変動が不安定になるなどして、安定した経営がしにくくなる可能性もありますから、気を引き締めていただかないと」

　いつもの冷ややかな顔で注意され、冬樹は「もう説教か」と溜め息をついた。

「耳が痛いでしょうが、それも私の仕事ですからね。……とはいえ、今日は金曜日ですし、ぼーっとするのも大目に見ましょう。気を引き締めるのは月曜日からでいいですよ」

「珍しく優しいじゃないか。泣きそうだ」

「私はもともと優しい男なんですよ。社長のためにあえて心を鬼にしているだけです。……おや、唇から血が出ていますよ」

　新田に指摘され、「さっき切れたんだ」と唇に指をやった。疲れているせいか乾燥がひどい。

「ビタミンB不足じゃないですか？　そうだ。よろしければこれをお使いください。中身は白色ワセリンです」

　新田がスラックスのポケットから小さなチューブを取り出し、冬樹に手渡してきた。

「まだ新品です。私は主にハンドクリームとして使っていますが、リップクリームとしても使えます。香料や着色料などの余計な成分も入っていないので安心ですよ」

「……いつもハンドクリームなんて持ち歩いているのか？」

　若干引き気味に言ったら、新田は眉間にしわを寄せ、「身だしなみですよ」と言い返した。

「今の時代、男だって荒れた手や皮剝けした唇のままでいるのは、みっともないものです。社長は申し分のない容姿をされているんですから、もう少しスキンケアにも気をつかってください。あと、この際だから言っておきますが、たまに寝癖で頭の後ろの髪がはねています。出勤前に後ろ姿のチェックも怠らないようお願いしますよ」

新田はくどくどと小言を並べ立ててから、満足そうに社長室を出ていった。

冬樹はやれやれと思いながら、もらったチューブをポケットに入れた。そのうち化粧水や乳液なんかも勧められそうだ。

冬樹はなんとなく椅子から立ち上がり、窓際に立って外の景色を眺めた。夏を思わせる強い日射しが降り注いでいる。ついこの間、春が来たと思っていたのに、気づけばもう季節は夏へと移ろい始めていた。

東栄電工の社長に就任してから、あまりに日々が慌ただしく過ぎていき、ハイスピードで回るメリーゴーランドにでも乗っているようだ。短い期間に多くのことがありすぎた。すべてが夢みたいで、どこか現実味がない。

鴻上の愛人になったことが一番夢みたいな話のはずなのに、ふたりで一緒に過ごした時間だけは不思議と鮮明に覚えている。まるで魂に焼きついた記憶のように。

ＴＯＢが終わっても鴻上から連絡はない。負け惜しみでもいいから、あの男の声が聞きたかった。もちろん鴻上が連絡をしてくるなんてことは、あり得ないとわかっているが。

デスクに置いてあったスマホが鳴った。タイミングがタイミングだけに一瞬期待したが、電話をかけてきた相手は松成だった。

昨日から上京していて、三日ほど汐留のホテルに滞在予定だから、都合のつく時に会えないかという内容だった。大事な報告もあると言われピンときた。

「もしかして結婚か？」

「うん、実はそうなんだ。秋に挙式しようと思ってる。披露宴にはぜひ出席してほしいし、できればスピーチも頼めないかと思ってさ」

「おめでとう。俺でいいならスピーチでもなんでもするよ。じゃあ、今夜あたりどうだ？」

仕事帰りに松成が宿泊しているホテルで会うことになった。友人のいい知らせは嬉しいものだ。冬樹は弾んだ気持ちで電話を切った。

「結婚おめでとう」

夜景が見える最上階のレストランで、冬樹は松成とワインで乾杯した。

「ご両親もさぞかし喜んでいるだろうな」

「うん。早く結婚して子供をつくれって、ずっとせっつかれてたからやれやれだよ。何度、強制的に見合いさせられたことか」

「でもその甲斐あって、素敵な人と出会えたんだろう？　よかったじゃないか」

松成は気恥ずかしそうに「まあ、そうなんだけど」と頷いた。相手の女性は地元の県会議員の娘で、おしとやかな雰囲気の美人らしい。松成の母親がひどく気に入り、ぜひうちの若女将になってほしいと、相手の親のところに日参したという。

「結婚なんてまだまだしたくなかったんだけど、彼女ならいいかなって思った。俺にはもったないほどの美人だし」

はにかんだ笑顔を浮かべたあと、松成は気づかうような表情で冬樹を見た。

「冬樹はいろいろ大変だったな。でも外資ファンドなんかに買収されなくて本当によかったよ」

「ああ。この前は電話くれてありがとう」

「買収をしかけてきたバーンズ・キャピタル・マネージメントって鴻上の会社なんだろう？　ひどい話だよ。友人の会社を乗っ取ろうとするなんて。あいつは昔から最低の男だったけど、全然変わってないってわけだよな」

松成は憤慨したような口調で鴻上を責めた。忘れていたわけではないのだが、鴻上にレイプされたあと、松成に助けられたのを思い出し、気まずい気持ちになった。松成とはできれば鴻上の話をしたくない。

「あいつ、今でも冬樹に執着してて、それで買収を仕掛けてきたのかな？」

「違うだろう。あくまでもビジネスだよ。うちの会社にも狙われる要因があった。……まだ飲み足りないいんじゃないか？　このあと、バーに移動する？」

「そうだな。今夜はとことん飲みたい気分だ。つき合ってくれるか？」

「もちろんだ」

冬樹は笑みを浮かべて頷いた。食事が終わるとレストランを出て、同じフロアにあるバーに入った。

グラスを重ねるうち、松成の話は高校時代のことが多くなった。

「あの頃が一番楽しかったよな。俺にとって高校時代こそが、真の青春時代だよ」

松成が懐かしそうに目を細める。窮屈な寮生活だったが、それはそれで楽しくもあった。懐かしさに誘われて鴻上のことまで思い出してしまったが、すぐ別のことを考えて頭の隅に押しやった。

バーテンダーに酒のお代わり頼んだ時、背広のポケットでスマホが震えた。取り出して確認する。そこに表示された名前を見て、心臓が止まりそうになった。鴻上からの電話だったのだ。

「……すまない。仕事の電話だ。すぐ戻るよ」

松成に断ってバーの外に出た。ひとけのないフロアの隅に行き、通話に出る。

「よう。負けたよ。完敗だ」

開口一番、鴻上はそう言った。久しぶりに聞く鴻上の声に、心臓はうるさいほど騒いでいたが、平静を装って「ああ、そうだな」と答えた。

「うちの勝ちだ。買いつけた大量の株はどうするつもりだ」

「高値のうちにすべて売却する」

それを聞いて胸を撫で下ろした。ＢＣＭは東栄電工の経営権に、もう興味を持っていないということだろう。

「相当の儲けだな」

安いうちに買い漁《あさ》った株を高値で売るのだから、利鞘は相当な額になる。だが鴻上は「嫌みかよ」と苦笑した。

「買収に成功していれば、もっと儲けられた」

鴻上の声にはどこかさばさばした響きがあった。

「負け惜しみを言うために電話してきたのか？」

「そうだ。……と言いたいところだが、これは別れの挨拶だ。俺はＢＣＭの日本法人代表を降格させられた。人事異動でまたアメリカに帰ることになった。今夜、発《た》つ」

驚きすぎて、すぐには声が出なかった。鴻上がアメリカに帰ってしまう――。

「これから羽田に向かうところだ。電話なんて迷惑かもしれないが、お前とはいろいろあったし、挨拶くらいしておこうと思った。……水城、お前と再会できてよかった。お前にすれば、いい迷惑だったかもしれないがな」

何を言っていいのかわからない。鴻上ともう二度と会えないかもしれないと思ったら、焦燥感だけが増して感情が大きく乱れた。

「お前が悪いんだ」

冷静さを失った冬樹は、そう咄嗟に言い放っていた。

「お前が全部悪い」

「ああ、そうだな。俺もそう思っている。何もかも俺が悪かったんだ」

達観した言い方だった。そんなふうに簡単に受け流すなよ、と腹立たしくなった。

「本気で反省していないのに、悪かったなんて口にするな。俺は、俺は……っ」

胸が詰まって声が震えた。鴻上が「もういいんだ」と優しい声で囁いた。

「俺のことでお前が苦しむ必要はない。俺のことなんて、今日限りできれいさっぱり忘れてくれ」

「勝手なこと言うよっ。忘れられないから、こんなに苦しいんじゃないか。俺だってずっと苦しんできた。お前にレイプされたあの日から、ずっと苦しんで――」

「待て、なんの話だ？　レイプってどういう意味だよ」

怪訝な声で尋ねられて悲しくなった。この期に及んで白を切るなんてどうかしている。

「もういい、鴻上。切るぞ」

「待て、水城っ。ちゃんと説明してくれ。俺はレイプなんてしてないぞ。お前に対してそんな真似、するわけないだろうっ」

鴻上は激しい口調で抗議してきた。何を言っているんだと戸惑ってしまう。

「あの夜、寮での最後の日、俺の手足を縛って乱暴したじゃないか」

鴻上は黙り込んだ。絶句の気配を感じ、不安になってきた。まさか鴻上は酔っていたから、自分のしたことを覚えていないのか？

「……誤解だ、水城。俺はしてない」

「だけど——」

「いいから聞け。俺は確かにお前に触った。目が覚めた時、お前を抱き締めるような格好で眠っているのに気づいて、どうしても我慢できなくなったんだ。確かにキスしたり身体に触ったりしたよ。服も脱がせた。だけどお前は酔っていたから途中で寝ちまった。俺は頭を冷やそうと思って、お前を置いてランニングに出かけた。部屋に帰ってきたら、お前に引っぱたかれた。怒られて当然だと思ったよ。酔って正常な判断ができなくなっていた相手に、いやらしい真似をしたんだからな。どう考えても俺が悪い」

「それだけ……？　お前が俺にしたのは、それだけなのか？」

「そうだよ。手足を縛ってレイプだなんて、絶対にしてない。誓ってもいい」

鴻上が嘘をついているとは思えない。冬樹は混乱してしまい、「嘘だろう」と呟いた。

「ずっと鴻上だと思ってたのに、違ったなんて……」

「教えてくれ。どういう状況で起こったんだ？」

問われるままに、冬樹はあの時のことを話した。気がついたら頭に布団を被せられ、手足を縛られていたこと。そして暴力を受けながら後ろから無理矢理に犯されたこと。事が終わると相手はいなくなり、その後、部屋にやって来た松成に助けられたこと。

「俺がいない間に、誰かが部屋に来てお前を襲ったんだ。間違いない」

あれは鴻上ではなかったのか？　確かに冬樹は相手の姿も見ていないし、声も聞いていない。

「でも誰が……？」

呆然としながら当時のことを思い出す。あの頃、寮に残っていた三年生はわずかだった。

「もしかしたら松成じゃないのか？」

「え……？　だけど、あいつは俺を助けてくれたんだぞ」

「芝居だったとは考えられないか？　自分で襲って、何食わぬ顔で戻ってきてお前を助ける。タイミングよく部屋に現れたのが、どうも怪しい。それにあいつは卒業式で――いや、それはあとでいい」

まさかと思った。松成がそんな卑劣な真似をしたなんて考えたくない。ずっと友達だった相手だ。

「実は松成と一緒なんだ。あいつが泊まってるホテルのバーで一緒に飲んでる。結婚が決まったからって言われて、そのお祝いで……。あいつに直接、問い質《ただ》してみるよ」

「待て、水城。俺も今からそっちに行く。あいつに尋ねるのは、俺と合流してからにしろ」

「今から？　でもお前、空港に向かうところなんだろう？」

「間に合わなければ明日の便にする。これは俺にとっても大事なことだから、お前ひとりに任せておけない」

鴻上はホテルの名前とバーの名前を確認すると、慌ただしく電話を切った。冬樹は呆然としたまま廊下に立ち尽くした。

本当なのか？　本当にあれは鴻上じゃなかったのか？　だとしたら鴻上をずっと憎んできたのは、

自分の間違いだったことになる。

そんなのひどすぎる。信じていた相手に裏切られたと思い、どれだけ傷ついたか。好きだった相手を恨まなくてはならない苦しさは、どれほど耐え難かったか。

でもそれは自分の勘違いが原因だった。言わば自業自得だ。一番の被害者は鴻上だろう。好きな相手からひどい男だと誤解されて、憎まれてきたのだから。

鴻上に謝らなければ。自分は土下座して謝るべきだ。

だがその前にやるべきことがあると思い、冬樹はバーに引き返した。松成に事実を確認しないといけない。鴻上は松成の仕業ではないかと言ったが、冬樹には信じられなかった。もしかしたら犯人は違う人間かもしれない。

これ以上、誤解で人を傷つけたくない。まずはそれとなく探りを入れてみよう。

「悪い、待たせたな」

「いいよ。買収の件で、まだごたごたしてるんじゃないのか？」

「まあな。そんなことより飲もう」

再び飲み始めたのはいいが、どう切りだせばいいのかわからず悩んでしまった。確信もないのに、犯人はお前なのかとは聞けない。考えあぐねた末、正直に尋ねることにした。

「松成。あの時のこと、覚えてるか？　俺が寮を出た日のことだけど」

「あ、ああ、そりゃ覚えてるよ。鴻上のしたことは今でも許せない」

怒ったような顔つきで、松成はウイスキーが入ったグラスを呷った。

「でもな、鴻上はやってないって言うんだよ。最近になってあいつの口から聞いたことだ」

「え……？」

「あの時、俺は寝ている最中に手足を縛られて、頭には布団を被せられて乱暴された。だから相手の顔を見てなかった。てっきり同室の鴻上にされたと思い込んだけど、そうじゃなかったんだ」

驚いた表情を浮かべる松成に、冬樹は「どう思う？」と尋ねた。

「どうって言われても……。鴻上は嘘ついてるんじゃないのか？　だってあいつ以外に誰がいるっていうんだ。あいつは冬樹に気があった。やったのは、絶対にあいつしかいないって」

思いのほか強い口調で言い切られたので驚いた。

「鴻上が俺に気があったって、どうしてわかるんだよ。お前の思い過ごしじゃないのか？」

理由が知りたくて、事実を知っているのにわざと疑わしそうに尋ねた。

「わかるよ。だって鴻上はお前のこと、いつもいやらしい目で見てた。あんな奴と同室になった冬樹が、俺はずっと心配でしょうがなかったんだ」

いやらしい目で見ていたかどうかはともかくとして、鴻上の気持ちに松成が気づいていたのは意外だった。遼介も勘づいていたが、それは遼介が鴻上のことをいつも気に掛けていたからであって、まったく親しくないどころか、避けていた節のある松成が見抜いていたのは、不思議でならない。

「さっき最近になって聞いたって言ったけど、鴻上とふたりで会ってるのか？」

「仕事絡みで何度か会っただけだ」

「もう会うなよ。あいつはお前に乱暴した卑劣な男じゃないか。自分の仕業じゃないって嘘ついて、冬樹に取り入ろうとしているんだ。気をつけないと、またひどいことされるぞ。現に会社だって乗っ取られそうになったんだろ？」

そう言われると返す言葉がない。買収されそうになったのは事実だ。しかし松成の態度にも違和感を覚えていた。鴻上に対して、強い敵意を持ちすぎるような気がする。

ここはひとまず鴻上が来るのを待ってからにしようと思い、それ以上の質問は控えることにした。

松成は落ち着かない態度で酒を飲んでいる。早く鴻上が到着しないだろうかと思っていたら、だんだんと瞼が重くなってきた。睡眠不足ではないのに、強い眠気が襲ってくる。

頭を上げているのも辛くなり、テーブルに両肘を載せた。それでも駄目で、とうとう突っ伏してしまった。

「冬樹？　どうしたんだ？　酔ったのか？」

「……悪い。急に眠気が……どうしたのかな、俺……」

「飲みすぎたんだろう。俺の部屋でちょっと休めよ。な？」

こんな場所で潰れてしまっては迷惑になる。冬樹は朦朧とした頭で頷いた。松成が支払いを済ませたので踏ん張って立ち上がったが、すぐに足がもつれて転びそうになった。

「危ない。俺が支えてやるから、ほら、腕貸せよ」

松成に抱きかかえられてバーを出た。泥酔するほど飲んでないのに、どんどん意識が薄れていく。おかしいと思った。これは普通の酔い方じゃない。

「酒に、何か入れたのか……？」

「え？　何かってなんだよ？　意味わかんないこと言って、本当に酔ってるな」

松成が笑った。わざとらしい笑い方だった。まさかという気持ちと、そんなわけがないという気持ちがぶつかり合っている。だがどちらにしても、自分の足でまともに立つこともできないこの状況では、どうしようもなかった。

「エレベーターが来たぞ。こっち」

松成に身体をグッと引っ張られた。

嫌だ、乗りたくない。ここを離れたら鴻上と会えなくなる。

もうすれ違いは嫌だ。だから乗ってはいけない。俺はあいつを、ここで待っていないと――。

エレベーターの中に入れられそうになり、冬樹は壁に腕を突いて抵抗した。

「何やってんだよ。早く入れよ。部屋で休んだら気分もましになるって」

「嫌だ……」

中に押し込まれて揉み合いになっていると、もう一台のエレベーターがやって来たらしく、チンと軽やかな音が鳴った。出てきた男性が足早に廊下を駆けていく。

ぐにゃっと歪んだ視界の中に映ったのは、間違いなく鴻上の背中だった。

「鴻上……っ」

叫んだ。――つもりだったが、実際は小さな声しか出ていなかったようで、鴻上は気づかない。冬樹は心の中で叫んだ。

鴻上、行かないでくれっ。こっちだ！　俺はここにいる！

すると奇跡が起きた。松成が閉のボタンを押し、今まさにエレベーターの扉が閉まろうとした瞬間、鴻上が足を止めてこちらを振り返ったのだ。だが無情にも、一瞬でその姿は見えなくなった。

冬樹は咄嗟に扉の間に手を差し込んだ。センサーつきなのか、扉は手を挟む前に障害物を認知して勝手に開いた。

松成が舌打ちして、再び閉ボタンを押す。今度は邪魔されないよう、冬樹を奥に押し込んだ。松成は冬樹に気を取られて、鴻上がいることには気づいていない。

扉が半分ほど絞まりかけた時、大きな手が扉をガシッと摑んだ。

「ひ……っ。こ、鴻上……？」

松成が裏返った声を出した。両手で扉を押さえつけた鴻上がそこにいた。ものすごい形相で松成をにらみつけている。

「水城を連れて、どこに行くつもりだ」

「え？　いや、冬樹が酔ってしまったから、俺の部屋で休ませようと思っただけで……」

鴻上がエレベーターに乗り込んできて、松成の腕から冬樹を奪い取った。

「こいつに触るな。……水城。本当に酔ったのか？」

「違う……急に眠くなってきて……多分、酒に何か……」

鴻上の顔色が変わった。冬樹のほうは鴻上の腕に支えられて、心底ほっとした。もう大丈夫だという強い安心感に包まれる。

「松成、地下駐車場まで一緒に来い。お前に話がある」

「だ、だけど——」

「いいから来い」

あまりの迫力に松成は頷くしかできないようだった。地下駐車場に着くと鴻上は自分の車のドアを開け、冬樹を助手席に座らせた。

「お前はとことんクズ野郎だな」

鴻上はドアを開けたままにして、松成を振り返った。

「鴻上、違うんだよ、これは誤解だ。俺は——」

「黙れっ」

言い訳を口にしかけた松成を、鴻上は問答無用に殴り飛ばした。松成はコンクリートの地面に倒れ込み、眼鏡をずらしたまま「やめてくれ……っ」と悲鳴を上げた。

「暴力は、暴力だけはやめてくれ、頼む……っ」

「ふざけるなよ。昔、お前は水城に何をした？　縛ったうえで殴ってレイプしたんだろうが。そんな

男が暴力だけはやめてくれだと？　笑わせるんじゃねぇっ」

鴻上は尻餅《しりもち》をついたままの松成の足を、強く蹴飛ばした。

「痛い……っ、本当にやめてくれ、やめないと警察を呼ぶぞっ」

「呼べよ。俺は構わない。けどお前はいいのか？　昔レイプした相手に薬を盛って、また変な真似をしようと企《たくら》んでいたこともばれちまう。それでもいいのか？」

「違う、俺はそんなことはしてない」

「否定したって冬樹の尿を検査すれば、睡眠薬だかなんだか知らんが、必ず薬の成分が出る。そしたらマスコミは飛びつくぞ。老舗高級旅館の跡取り息子が、悪戯《いたずら》目的で男を昏倒させたってニュースは、いいゴシップになる。親は赤っ恥をかくし、旅館の名前にも傷がつく」

松成はすっかり青ざめて、泣きだしそうになっている。

「困る、それだけは困る。鴻上、このことは誰にも言わないでくれっ」

「だったら正直に認めろよ。何もかも洗いざらいに白状したら、お前のしたことは世間には黙っておいてやる。冬樹をレイプしたのはお前なんだろう？」

これ以上、誤魔化しきれないと思ったのか、松成は急に素直になった。

「そうだ。俺がやった」

「あの日、どういう経緯で俺たちの部屋に忍び込んだ？」

松成はしばらく項垂れていたが、ぽつりぽつりと真実を語り始めた。

「……俺は冬樹が好きだった。でも俺にとって冬樹は高嶺《たかね》の花だったし、そもそも男同士だからどうしようもないと諦めてた。だから友人として冬樹のそばにいられたら、それでいいっていつも自分に言い聞かせていたんだ。あの日、明日でお別れだと思ったら寂しくて、冬樹に夜、部屋に来ないかって誘ったんだ。だけど鴻上と飲む約束をしているからって断られた」

冬樹は眠気と必死で闘いながら、松成の話に耳を傾けた。そんなことがあったような気もするが、記憶は定かではない。

「鴻上が冬樹をいつも見てるのは知ってた。俺も冬樹を見てたからわかったんだ。鴻上にだけは負けたくないって変な対抗心があった俺は、悔しくて眠れなかった。それで夜中に何度か、お前たちの部屋の前まで行ったんだ。ドアの前で盗み聞きしたら、映画の音とかお前たちが笑ってる声とか、いろいろ聞こえてきて、もっと悔しくなった。明け方頃、これで最後にしようと思ってドアの前まで言ったら、冬樹の泣いてるみたいな声が聞こえてきた。俺はそっとドアを開けた。そしたらふたりがベッドの上で……」

松成は顔を歪めて俯いた。鴻上は「それから？」と先を促した。

「自分の部屋に戻ったけど、嫉妬で頭がおかしくなりそうだった。また様子を見に行こうとしてドアを開けたら、今度は廊下を歩いていく鴻上の姿が見えた。ジャージ姿だったから、いつものランニングに行くんだってわかった。お前は毎朝、最低でも三十分は走ってただろう？　だから冬樹の様子を見にいったんだ。部屋をノックしたけど返事がなくて、勝手に開けて入った。冬樹はベッドの上で裸のまま熟睡してた。その姿を見たら、どうしようもないほど腹が立ったんだ……。う……っ」

松成は急に泣き始めた。子供みたいに泣きながら、「俺だってっ」と冬樹を見た。

「俺だって冬樹が好きだったんだ。だから悔しかった。こんなに好きなのに、どうして気づいてくれないんだ、なんで鴻上なんかにさせたんだって、怒りでどうにかなりそうだった。勝手な怒りだってわかってるけど、あの時は本当にどうかしてたんだ。俺は何かにそそのかされるように、机の上に置いてあったビニール紐とハサミを摑んで、俯せで寝ている冬樹に近づいた」

あとの話は聞くまでもなかった。冬樹を起こさないよう静かに布団を頭に載せ、ビニール紐を使って手足をベッドの柱に縛りつけたのだ。

「惚れてる相手に、よくそんなひどい真似ができたもんだな。縛って殴ってレイプするなんて、お前はどこまでゲスなんだ」

「違う、あれは俺の本心じゃなかったんだっ。冬樹は俺を鴻上だと勘違いした。お前にも冬樹にも腹を立ててた俺は、だったらその勘違いに便乗して、ひどくしてやれと思った」

冬樹は途切れそうになる意識を奮い立たせ、「最低だ」と呟いた。

「俺の勘違いを利用すれば自分は安全だと思ったから、あんなことができたのか」

「冬樹、すまないっ、本当に悪かったと思ってる……！　あの時の俺は普通じゃなかったんだ。お前が好きすぎて、頭がおかしくなってた。あんなひどい真似をして、どれだけ後悔したことか」

「嘘ばっかり並べ立てるなっ」

鴻上は怒鳴りつけ、松成の胸もとを摑み上げた。松成が「ひっ」と亀《かめ》のように首をすくめる。

「本気で反省していたなら、酒に薬なんか盛らないはずだ。お前は今夜も同じことをしようとしたんだろうっ。ええ、どうなんだっ？」

「ち、違う、そんなこと……っ、俺は最後に、結婚する前にもう一度だけ、冬樹とふたりきりで過ごしたかった。変なことなんてしない。ただ一緒の部屋で朝まで過ごしたかった。それだけなんだっ」

「信じられるか、そんなクソみたいな言い訳」

吐き捨てるように言い、鴻上は松成を突き飛ばした。松成は地面に両手をついて、「本当なんだよぉ」と泣きながら訴えた。

「信じてくれよ、鴻上……っ。冬樹は俺にとって、青春そのものだったんだ。最後にいい思い出が欲しかっただけなんだ……う、うう……っ」

泣きじゃくる松成を見ても、当然だが同情する気持ちは微塵《みじん》も湧いてこなかった。むしろ醜悪すぎて気分が悪くなる。それは鴻上も同じだったようで、うんざりしたように顔を背けた。

「お前の気持ち悪い思い出作りに、水城をつき合わせるな。……警告しておくぞ。水城に二度と近づくな。近づいたら許さない。本気だぞ。俺は本気でお前を殺したいと思ってる。この先、少しでも俺の理性が飛ぶような真似をしたら、俺は間違いなくお前を殺す。わかったか？」

鴻上が凄みを利かせて脅しをかけると、松成は涙で顔をぐしゃぐしゃにしながら、「わ、わかった」と大きく頷いた。

「二度と冬樹には近づかない。約束するよ。本当だ。信じてくれ」

鴻上は助手席のドアを閉めると、松成を放置して運転席に乗り込んだ。冬樹のシートベルトを差し込み、「行くぞ」と声をかける。冬樹は小さく頷いて目を閉じた。

走りだした車の振動を感じているうち、あっという間に意識を失った。

12

目を覚ました時、車は思いがけない場所に駐《と》まっていた。

眼前に広がっているのは夜の海だった。橋や船の灯りが見える。どこかの埠頭《ふとう》のようだ。

「起きたか。気分はどうだ」

隣に鴻上が座っていた。窓を少し開けて、煙草を吸っている。

「今、何時……？」

鴻上は「夜中の二時だ」と答えてから、灰皿で煙草をもみ消した。

「……飛行機、乗れなかったんだな。俺のせいですまない」

「別にお前のせいじゃない。俺は俺の考えで行動したまでだ」

「でも俺を助けてくれた。ありがとう」

まだ頭がぼんやりしているので、どこか舌足らずな言い方になった。鴻上は苦笑を浮かべた。

「素直になられると調子が狂うな」

「だってもう意地を張る必要もないんだし」

冬樹もつい笑ってしまった。

「……すまなかった。全部、俺の誤解だったんだな」

謝った途端、鼻の奥がつんと痛くなり、不意に涙がこみ上げてきた。

「本当にごめん。勝手に誤解して、俺はずっとお前を憎んできた。ひたすら責めてきた。お前は何も悪くなかったのに……」

「謝るな。松成のせいだ。何もかもあいつが悪い」

「だけど、だけど俺は……っ」

「もういい」

鴻上の腕が伸びてきて強く抱き寄せられた。いきなりの抱擁に、息が止まりそうになる。

吐き出す吐息が切なく震えた。鴻上の胸の中にいる。もう二度と帰れないと思っていた、この温かな胸の中に――。

「俺も誤解したんだから、お前だけのせいじゃない」

「……誤解って？」

「ランニングから帰ってきて、お前に頬を張られただろう？　理性では怒られて当然だと思ったけど、感情はそうじゃなかった。本気で怒ってるお前を見てショックを受けた。あの時、俺の手を握り返してきたくせに、触っても嫌がらなかったくせに、あとからそんなふうに怒るなんてずるい、きっとプライドが許さないだろうって考えた」

「お前がそう思ってしまったのもしょうがないよ。……同窓会で再会した時、だから俺のことを無駄にプライドが高い女王さまって言ったんだな」

「ああ。でも卒業式の日に起きたことのほうが、俺にはずっとこたえた」

「卒業式の日に何があったんだ？」

そういえば電話でも、卒業式がどうこう言っていたような気がする。冬樹は欠席していたのでまるで見当はつかないが、何かあったのだろうか。

「式が終わったあと、松成に呼び出されて裏山に行くと、あいつは数人の同級生を引き連れて待っていた。俺を苛めていた連中だ。いきなり全員で襲いかかってきて、殴る蹴るの暴行を受けた」

冬樹は顔を上げて、鴻上の顔を凝視した。

「本当なのか？　松成はなんでそんなことを……？」

「俺が連中の悪口を言ってるとかなんとか嘘を吹き込んで、扇動したみたいだな。松成は去り際、倒れている俺に近づいて、小声で言った。これは冬樹に頼まれたんだ、冬樹は絶対にお前を許さないと言ってたぞって」

「え……」

驚きすぎて開いた口がふさがらなかった。ひどい嘘だ。

「違う、俺はそんなこと頼んでないっ」

「ああ、今ならわかる。あれは松成が勝手にやったことだ。俺をとことん痛めつけたかったんだろうな。でもあの時は信じてしまった。お前は俺のような男に触られて感じたことが、どうしても許せないんだろうって思った。お互い好意を持っていたはずなのに、自分のプライドのほうが大事なんだ、結局はお前も俺を見下していたんだって、愚かにも信じ込んでしまった。ショックだったよ。もともと人間不信な部分はあったが、あのことがあってから余計ひどくなった」

好きだった相手から、そんなひどい仕打ちを受ければ当然だ。冬樹は当時の鴻上の心の傷を想像して辛くなった。

「本気で好きだった分、一時期は本気でお前を恨んだ。いつか成功して見返してやるという思いも芽生えた。ミズシロの御曹司にも引けを取らない男になってやると思ったから、俺は金儲けができる仕事を選んだのかもしれない」

そうだったのか。鴻上が金融の世界に飛び込んだのには、そういう理由があったのだ。

「……お前にとって俺は、ずっと最低の男だったんだな。誤解でもへこむ」

「俺だってお前にとっては、獣みたいなひどい男だったわけだろ？　そりゃあ、お互い意地を張っちまうよな」

鴻上はそう言って笑ったが、冬樹は笑えなかった。

「本当にショックだったんだ。好きな相手にレイプされたと思い込んで、ずっと辛かった」

鴻上は冬樹の頬を撫で、「苦しかっただろうな」と囁いた。

「だから俺が初めて抱こうとした時、あんなにも怯えたんだな。……駄目だ、また腹が立ってきた。あの野郎、やっぱりもっと殴ってやればよかった。今からホテルに戻ってボコボコにしたい」

「やめろよ。傷害で逮捕でもされたらどうするんだ。俺だって松成のことは許せないけど、あんな奴にかかわるのは馬鹿らしい。もう忘れてしまおう。な？」

鴻上の胸に手を置いて頼んだ。鴻上は冬樹の手に自分の手を重ね、「そうだな」と頷いた。

「あいつのせいで、俺たちは散々時間を無駄にしたんだ。これ以上、あいつにかまける時間はない」

「そうさ。お互い、やっと素直な気持ちで向き合えたんだ。俺は今、お前のことしか考えたくない」

思いのままに気持ちを伝えたのに、鴻上はなぜかニヤッと笑った。

「なんだよ？」

「いや。熱烈な愛の告白だと思ってさ。そういえば、俺は自分の気持ちを全部お前に伝えたけど、お前からはまだ聞いてない。……俺のことをどう思ってる？」

そんなふうに尋ねられると、急に恥ずかしくなってきた。

「今言わなきゃ駄目なのか？」

「そうだ。今言ってほしい。俺には時間がない」

その言葉にハッとした。そうだった。鴻上はアメリカに戻ってしまうのだ。喜びから一転して胸が痛くなった。誤解が消えてやっと素直に向き合えたのに、また離ればなれになる。

「……俺もお前が好きだった。でもそのことに気づいたのは最近だ。ずっと憎んできたし、絶対に許さないって思い続けてきた。裏を返せば、好きだからこその怒りだったわけだけど」

「レイプした相手を脅して愛人にするような最低な男なのに、よく許してくれたものだ」

鴻上は笑いを含んだ声で茶々を入れた。

「しょうがないだろ。嫌みな態度とは裏腹に、お前はいつだって優しかったじゃないか。お前のえらそうな態度に死ぬほどむかついたし、お前のことは許したりしないって思ったけど、駄目だった。辛かったよ。お前に惹かれる自分自身が許せなくて、本当に辛かった」

鴻上は冬樹を強く抱き締め、「もう辛くないだろう？」と耳もとで囁いた。鼓膜がとろけそうになるほどの、ひときわ優しい声だった。

「もう全面的に俺を好きだと認めても、お前の心はまったく痛まないはずだ」

「そうとは限らない」

鴻上に囁かれて本気でドキドキしている自分が恥ずかしくて、思わず憎まれ口を叩いてしまった。

「買収の件もあるしな。まだ完全には、お前への恋心を認めるわけにはいかないかも」

「苛めるなよ」

鴻上はむくれたように口もとを歪めた。今気づいた。拗ねる鴻上を見るのは大好きだ。

「買収は俺への復讐《ふくしゅう》だったのか？」

「東栄電工の買収を決めたのは俺じゃない。俺の前任者だ。アメリカの本社もGOを出していた。俺は引き継いで仕事をしただけだ。お前のじいさんの会社だとは知らなかったし、お前が社長に就任した時は本気で驚いた」

　鴻上が決めた買収ではなかったと知り、安堵する思いが湧いた。

「そうか。お前の決定じゃなかったのか」

「仕事に私情は持ち込まない主義だ。……いや、持ち込んだな。お前に一か月の猶予をやると決めたが、あれはまずかった。本社からはとっととＴＯＢを開始しろって毎日うるさく言われていたのに、のらくらかわし続けた結果、買収は見事に失敗。その責任を取る格好で降格されたんだから、本当に情けない話だ」

　明かされた事実に冬樹は衝撃を受けた。あの一か月の猶予は、鴻上にとっては人生を棒に振るほどの大きな決定だったのだ。

「スケベ心なんて持つもんじゃないな。お前を愛人にしたくて判断を誤った」

　鴻上は自嘲の笑みを浮かべていた。だがその目に深刻な気配なかった。馬鹿なことをしでかした自分を、どこか面白がっているようにさえ見える。

「違うだろう？　あれは俺の頼みを拒めなかった結果じゃないか。愛人契約は後付けの理由だ」

「あんまり買い被るな。俺はそこまでお人好《よ》しじゃないぞ」

「自分の不利になるとわかっていて、お前は俺を助けてくれたんだ」

　冬樹を鴻上の手を摑んだ。その手を持ち上げて、唇に押し当てる。鴻上は痛みを感じているみたいな表情で、冬樹のすることを黙って見ていた。

なんて切ない目をしているんだろう。気づかなかっただけで、鴻上はいつもそんな眼差しで自分を見ていたのかもしれない。そう思ったらたまらなくなった。

冬樹は自分から顔を寄せて、鴻上にキスをした。柔らかな唇を啄《ついば》むように味わい、舌先で閉じた隙間をくすぐる。鴻上はなかなか応えてくれない。焦らしているというより、どこか戸惑っているように見えた。

「……なあ。唇、開けろよ。俺を中に入れてくれ」

囁いてキスしたら、突然、鴻上のほうから激しく口づけてきた。熱い舌が強引に入り込んでくる。ずるいと思った。俺が先に入ろうとしたのに、逆に攻め込んでくるなんて。

荒々しいキスに必死で応戦していると、鴻上の手がスラックスを脱がせにかかってきた。

「こ、こんなところで……？」

「お前に触れたくて我慢できないんだ。嫌か？」

息を乱して口早に答える鴻上は、いつになく切羽詰まっていて必死だった。この男でも、こんなふうに余裕をなくすこともあるんだなと思ったら、可愛くて胸が疼いた。

「……嫌じゃない」

下着ごとズボンを脱がされた。さらに背広も脱がされる。鴻上も自分の背広を脱いだ。

キスしながら互いの身体をまさぐり合う。ふたりの身体から発散される熱気で、窓が曇り始めている。滲む夜景を見ながら、冬樹はどうかしていると思った。ひとけのない埠頭とはいえ、こんな場所で求め合うなんて。でもどうしようもなかった。どちらも興奮しきっている。今さらやめられないし、やめたいとも思わない。

「あ……鴻上、そこは……っ、ん……っ」

頭を下げた鴻上が、冬樹の高ぶりきった雄を咥《くわ》えた。ねっとりと絡みついてくる舌の甘い感触に、腰が浮き上がる。濡れた音を立てて、激しくしゃぶられた。勝手に頭が仰け反り、開いた口からは恥ずかしい声しか出なくなる。

「は、ああ……っ。ん、あぁ……鴻上、いい、気持ちいい……っ」

たまらなくなって鴻上の髪を掻き乱す。無意識のうちに両手で鴻上の頭を摑み、腰を前後に揺らしていた。もっと深く咥えてほしい。もっときつく吸って、その熱い唇で扱いてほしい。

本能に支配された獣のように、快感だけを赤裸々に求めていた。鴻上の巧みな舌使いに煽られ、理性は呆気なく溶けてどこかに流れ去っていく。高ぶる肉体はもっと強い刺激を欲しがっていた。

「鴻上、もういい、一緒にしたい……。ふたりで一緒に……」

冬樹は初めて自分から挿入をねだった。フェラチオだけでは我慢できない。鴻上とひとつになりたくて、気が狂いそうだった。

「塗るものがない。本番は家に帰ってからにしよう」

「嫌だ。今したい。挿れてくれ」

鴻上は頭を上げ、「その言葉」と言った。

「家に帰ったら百回言ってくれ」

「言わない。ここでしか言わない」

鴻上は困ったような表情で冬樹を見た。

「ローションがないときついぞ。俺はお前に痛い思いをさせたくない」

鴻上の優しさが嬉しい。でも同じくらいその鉄の自制心に腹が立つ。潤滑剤なんかなくても平気だと言いそうになったが、反射的にレイプされた時の激痛が頭を過《よ》ぎり、あまり威勢のいいことも言えなくなった。

そういえばセックスの最中、鴻上は頻繁にローションを塗り足していた。ああいう気づかいがあったおかげで、鴻上に抱かれても痛みをさほど感じてこなかったのだ。

男同士は不便だと思ったその時、冬樹はあることを思い出した。潤滑剤ならあるじゃないか。

「鴻上、俺の背広のポケットにいいものが入ってる。取ってくれ」

鴻上は言われたとおりにした。チューブを手に持って「これは？」と怪訝な顔つきになる。

「ワセリンだ。これならローションの代わりになるだろう？」

「ああ。でもなんでこんなものを？　随分と用意がいいじゃないか」

「べ、別にこういうことを想定して持ってたんじゃないぞ。俺の唇が荒れてたのを見かねた秘書が、昼間くれたんだ」

鴻上は「気の利く秘書だな」と笑い、冬樹が座っている助手席のシートを最大限に倒した。それから自分のズボンと下着を下ろし、たくましく反り返った雄をあらわにすると、チューブから出したワセリンを塗りつけた。

臨戦態勢の鴻上が覆い被さってきた。受け入れようとしたが、狭いから足が引っかかって邪魔になる。冬樹は折った膝を、自分の腕で抱え込んだ。何が可笑しいのか、鴻上がそれを見て「協力的だな」と笑った。

「しょうがないだろう、狭いんだから。笑うなよ」

「笑ってない。感動してるんだ。お前から俺を求めてくれるなんて、夢みたいだよ」

ぬるついた鴻上のものが、そこにあてがわれた。グッと押し込まれ、反射的に身体に力が入った。

「痛いのか？」

「大丈夫だ。来てくれ」

冬樹は鴻上の腰を摑み、自分のほうへと引き寄せた。たくましい雄が深く入ってきて、あまりの圧迫感に腰が震えた。

「慣らしてないから、やっぱりきついんだろう？　一度抜くか？」

「嫌だ。抜くな。このままでいてくれ。痛くてもいいから、お前を感じていたいんだ」

「けど――」

「続けろよ。やめたら許さない」

鴻上が吐息だけでまた笑った。

「……やっぱりお前は女王さまだな。本当にたまらないよ」

何がたまらないのか聞き返そうとしたが、鴻上が腰を使い始めたので喋れなくなった。

鴻上の欲望で奥まで満たされると、言葉にできない喜びを感じる。男に抱かれて喜びを感じるなんてどうかしているという気持ちもないわけではないが、湧き上がる歓喜は本物だった。

好きだから求められて嬉しい。好きだから与えられて嬉しい。

もう好きという気持ちを我慢しなくていいんだ。いくらでも解放してもいいんだ。そう思ったら心も身体も止まらなくなり、冬樹は夢中で鴻上の背中を抱き締め、たくましい腰に自分の足を絡めた。

「ん、鴻上、そこ、いい……、もっと擦って……」

「ここか？　どうされたい？　こんな感じか？　それともこんなふう？」

鴻上が微妙に角度を変えて突いてくる。どうされても感じてしまい、冬樹は甘い吐息を漏らしながら、「全部いい」と答えた。

鴻上はフッと笑い、動きを止めてキスをした。鴻上のものを深々と咥え込んだまま、激しく口づけ合う。上も下も繋がっている。そのリアルな感覚に目眩がした。自分の内側すべてを鴻上に占領されているみたいだ。

「……どうしよう」

キスの合間に呟いた。

「何が？」

「お前が好きだ。すごく好きなんだ。好きすぎて胸が苦しい」

自分でも驚いた。あまりにも恥ずかしい台詞だ。でも掛け値なしの本心だった。

「奇遇だな。俺も同じだ。もう死んでもいいって思うくらい今が幸せすぎて、胸が苦しい」

恋に浮かれた馬鹿な男がふたりもいる。嬉しいのと可笑しいのとで、泣き笑いの顔になった。

鴻上が抽挿を再開した。車内に響く自分の恥ずかしい喘ぎ声を聞きながら、冬樹は行為に没頭した。あとはもう言葉もなく、ふたりして高みへと駆け上がっていくのみだった。

熱く滾《たぎ》った雄が、ぐずぐずにとろけた秘部を淫猥に掻き乱してくる。突き立て、引き抜かれ、ますますそこが淫《みだ》らに綻《ほころ》んでいくのがわかる。

「駄目だ、鴻上、もう……っ」

冬樹は鴻上のワイシャツを強く摑んで訴えた。鴻上は息を激しく乱しながら、容赦なく冬樹を追い詰めた。身体の奥から、熱いマグマのような何かがせり上がってくる。

「あ、達く、もう、達く……っ」

「俺もだ。もうこれ以上我慢できそうにない。水城……っ」

鴻上の突き上げに耐えきれず、冬樹のペニスは握られることなく弾けた。

「……——っ」

声も出ないほどの強烈な快感だった。鴻上も達したのか動きを止めた。ふたりとも全力疾走したかのように、息を乱している。

鴻上は冬樹の額や頬にキスしながら、「帰ろう」と囁いた。

「やっぱりベッドで抱きたい。ここは窮屈《つ》すぎる」

「ああ。俺も足が痙りそうになった」

額を合わせながら、ふたりで笑った。笑いながら胸が熱くなった。こんな穏やかな気持ちで鴻上と抱き合える日が来るなんて、思いもしなかった。

言葉にできないほど幸せだった。


「……見送りなんて、やっぱり来なきゃよかった」

羽田空港国際線旅客ターミナルの中にあるカフェで、冬樹はぼそっと呟いた。向かいの席に座った鴻上が、「冷たいこと言うなよ」と眉をひそめる。

「だって無理だよ。笑って見送れるわけない」

「別に泣いて見送ってくれてもいいんだぞ？」

ニヤッと笑った鴻上のその顔が気に食わず、テーブルの下で臑《すね》を蹴飛ばした。

「って。蹴るなよ」

文句を言いつつも鴻上はどこか嬉しそうだ。もうすぐアメリカに向けて発ってしまうというのに、平然としている。

「ニヤニヤしやがって。別れが辛いのは俺だけか？」

憮然としながらコーヒーを飲む。鴻上は「たかが数日のことだろう」と軽く受け流した。今回の渡米は諸々《もろもろ》の手続きのためもので、処遇が決まったらまた帰国するらしい。だがそのあと再びアメリカに戻り、ずっと向こうで働くことになるのだ。

金曜日のフライトをキャンセルした鴻上は、結局、日曜日の夜便でアメリカに行くことになった。もうそろそろ保安検査場に向かわないといけない時間だ。

昨日は一日中、鴻上の部屋で一緒にいた。大半をベッドで過ごすという怠惰な休日だった。盛りのついた動物みたいに、何度も抱き合った。ソファーの上で、浴室で、ベッドの中で、ついでにキッチンでもやってしまった。

あれだけやって満足したかというと、恐ろしいことにそうでもない。今だってまだ鴻上が欲しい。本当に発情した動物みたいだ。このまま部屋に帰って抱き合えたら、どんなにか幸せだろう。

「……そんな目で見るな。勃っちまうだろう」

鴻上が周囲に聞けない程度の声で囁いた。そんな目ってどんな目だよと思ったが、怖いのであえて聞かなかった。自覚はある。きっと物欲しそうな目で鴻上を見ていたのだろう。

「いっそのこと、勃たせながらセキュリティチェック受けろ」

「変質者かよ」

くだらないことを言いながらも、刻々と近づく別れに気持ちが塞いでくる。

「そろそろ時間だ。出よう」

鴻上に促されてカフェを出た。保安検査場へと向かって歩きながら、冬樹はやるせない溜め息をついた。せっかく気持ちが通じ合ったというのに、一緒にいられなくなるなんて、自分たちはどこまでついてないんだろう。

「笑って見送ってくれよな」

「無理だ。絶対に笑えない」

即答すると鴻上は「しょうがない」と大きく息を吐いた。

「帰国してから教えるつもりだったけど、今話す」

出発ロビーの片隅で足を止めた鴻上が、妙なことを言いだした。

「なんだよ、急に」

「俺はBCMを辞めるつもりだ。辞めて日本で働こうと思ってる」

「え……ええっ？」

思いがけない告白に冬樹は目を瞠《みは》った。

「本気なのか？　BCMを辞めるなんてもったいないじゃないか」

「いいんだ。やっとお前を手に入れたのに、遠距離恋愛なんてごめんだからな。心配するな。俺なら引く手あまただ。どこにでも転職できる」

自信過剰だと突っ込んでやりたかったが、実際そのとおりなんだろう。鴻上ほどの経歴があれば、どこの会社もきっと欲しがる。だがBCMほどの高給ではなくなるはずだ。

「そういうことは早く言ってくれよ。落ち込んで損した」

「ちゃんと辞めてから話したかったんだよ。できれば次はPEファンドで働きたいと思ってる」

「プライベート・エクイティ・ファンドか」

同じファンドでも絶対的収益の追求を掲げるヘッジファンドとは違って、PEファンドは中長期の投資が主体だ。基本的に敵対的買収はせず、現経営陣と友好的にかかわりながら、企業価値を上げるために経営にも積極的に関与する。要するにコンサルティングの側面を持っている。

強引に会社を乗っ取って利益を上げるより、そのほうがずっといい。

「いいんじゃないか。経営に行き詰まっている会社を助けるわけだろう?」

「人助けじゃない。投資はビジネスだ」

あくまでも態度は変わらないらしい。だが鴻上も今の仕事に思うところがあったから、PEファンドへの転職を考えているのだろう。

「じゃあな。向こうに着いたら電話する。……なあ、行ってらっしゃいのキスは?」

鴻上は真顔だった。本気か、と仰け反りそうになった。

「するわけないだろうっ。馬鹿か、こんな場所で」

「冷たいな。やっぱ言うんじゃなかった。さっきまでのお前なら、絶対にキスしてたのに」

ぶつぶつ文句を言う鴻上の背中を、冬樹はぐいぐい押した。

「変なこと言ってないで、もう行けよ。ほら」

鴻上は手荷物検査の列に並んでから、冬樹を振り返った。

「行ってくる」

その目は、すぐにお前のもとに戻ってくるから、と告げているようだった。だから冬樹も目で伝えた。お前が帰ってくるのを待ってる、指折り数えて待ってるよ、と。

手を上げた鴻上に、笑顔で頷き返す。

やがて恋人の背中は、列の向こうに消えて見えなくなった。

あとがき

こんにちは、もしくは初めまして、英田《あいだ》サキです。

リンクスロマンスさまからは、これが三冊目の本になります。前作二冊はファンタジー設定でしたが、今回はガラッと変わって買収危機に見舞われる若き社長のお話です。担当さまから再会もののリクエストもいただいたので、そういった要素も加味し、普段はあまり書かないタイプのお話に仕上がりました。

M&Aだの株だのはまるで知識がないため、専門書を購入して勉強しましたが、調べるほど難しくて頭が痛くなりました。あとから、どうしてこんなプロットをつくってしまったのだろう……と後悔しまくり。その反動なのか、私にしては珍しく長いラブシーンを書いた作品になりました。すべて鴻上《こうがみ》のせいです。何かにつけねっちっこい。むっつりか。

それにしても「お前を跪かせてやる」とえらそうに宣言したわりには、鴻上がどうにもぬるい男で、「鴻上、頼むから行動でもっと傲慢かまして」と思いながら書いていたのですが、最終的には惚れた相手を傷つけたくない男の純情に免じて、許してあげることにしました(笑)。

冬樹《ふゆき》は冬樹で憎い憎いと言いつつも、最初から鴻上に翻弄されまくり。誤解と意地です

あとがき

れ違っていましたが、まごうことなき相思相愛のお話でした。晴れて恋人同士になったふたりは、もうきっとラブ全開のバカップル決定ですね。毎晩ラブラブでたまに寝坊して遅刻して、新田《にった》にネチネチ説教されるといいよ、冬樹。

イラストを担当してくださった円陣《えんじん》先生、「ファラウェイ」、「神さまには誓わない」に続きまして、今回も素敵なイラストをありがとうございました。円陣先生の描かれるスーツ姿の男たちはめちゃくちゃセクシーで美しくて、その滴る色気にドキドキいたします。

担当さま、思いがけず時間がかかってしまったせいで、大変ご迷惑をおかけしました。本当に申し訳ありません。いろいろとありがとうございました。

読者の皆さま、最後までのおつき合い、ありがとうございます。「密約のディール」、いかがでしたでしょうか。ご感想などあれば、ぜひお聞かせかせください。お手紙でもツイッターでもメールでも、お好きな方法でお気軽にお寄せくださいね。

二〇一五年四月　　　英田サキ

ファラウェイ

英田サキ
イラスト：**円陣闇丸**

本体価格855円+税

祖母が亡くなり、天涯孤独となってしまった羽根珠樹。病院の清掃員として真面目に働いていた珠樹は、あるとき見舞いに来ていたユージンという外国人に出会う。彼はアメリカのセレブ一族の一員で傲慢な男だったが、後日、車に轢かれて瀕死の状態で運び込まれ、息を引き取った。――はずだったのだが…なぜかユージンはすぐに蘇生し、怪我もすっかり消えていた。そして、今までとはまったく別人のようになってしまったユージンは、突然「俺を許すと言ってくれ」と意味不明な言葉で珠樹にせまってきて…。

リンクスロマンス大好評発売中

神さまには誓わない《かみさまにはちかわない》

英田サキ
イラスト：**円陣闇丸**

本体価格855円+税

何百万年生きたかわからないほど永い時間を、神や悪魔などと呼ばれながら過ごしてきた、腹黒い悪魔のアシュトレト。アシュトレトは日本の教会で名前の似た牧師・アシュレイと出会い、親交を深める。しかし、彼はアシュトレトが気に入りの男・上総の車に轢かれ、命を落としてしまう。アシュトレトはアシュレイの５歳の一人娘のため、柄にもなく彼のかわりを果たすべく身体の中に入り込むことに。事故を気に病む上総がアシュレイの中身を知らないことをいいことに、アシュトレトは彼を誘惑し、身体の関係に持ち込むが…。

夜王の密婚《やおうのみっこん》

剛しいら
イラスト：**亜樹良のりかず**
本体価格 870 円+税

十八世紀末、イギリス。アベル・スタンレー伯爵が所有する『蝙蝠島』という、女が一人も居ない謎の島があった。ある日、その島で若い男だけを対象に、高待遇の働き手が募集される。集まったのは貧乏貴族出身の将校・アルバートや、陽気で親切な元傭兵のジョエルをはじめ、一見穏やかそうだが何らかの事情を抱えた人間ばかり。中でもアルバートは、謎に包まれた島と伯爵の秘密裡な企みを探れという国王の命を受けた密偵だったのだ。任務に忠実であろうと気を張るアルバートだが、ジョエルに好みだと口説かれ、なし崩しで共に行動することになってしまう。城内を探る二人が行き着いた伯爵の正体、そして島に隠された、夜ごと繰り広げられる甘美な秘密とは——。

リンクスロマンス大好評発売中

ちいさな神様、恋をした《ちいさなかみさま、こいをした》

朝霞月子
イラスト：**カワイチハル**
本体価格870 円+税

とある山奥に『津和の里』という人知れず神々が暮らす場所があった。人間のてのひらほどの背丈の見習い中の神・葛は、ある日里で行き倒れた人間の男を見つける。葛の介抱で快復したその男は、画家の神森新市で、人の世を厭い放浪していて里に迷い込んだという。無垢な葛は、初めて出会った人間・新市に興味津々。人間界や新市自身についての話、そして新市の手で描かれる数々の絵に心躍らせていた。一緒に暮らすうち、次第に新市に心惹かれていく葛。だがそんな中、新市は葛の育ての親である千世という神によって、人間界に帰らされることに。別れた後も新市を忘れられない葛は、懸命の努力とわずかな神通力で体を大きくし、人間界へ降り立つが…!?

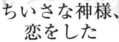

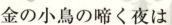

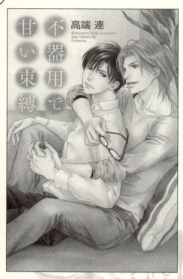

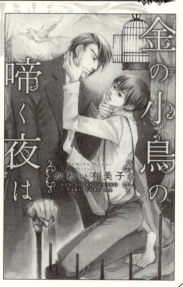

フェアリーガーディアン

水壬楓子
イラスト：**山岸ほくと**
本体価格870円+税

守護獣であるフクロウのリクは、育ての親であり主人でもある蒼批の推薦で、神宮庁を立て直す役目を担う朔夜の補佐として仕事をすることになる。ガサツで乱暴者なうえ、サボってナンパにいったりと、一向に仕事をしない朔夜に困り果てていたリクだったが朔夜の弱みを握ったことで、彼に仕事をさせることに成功する。そんなある日、酔っぱらいに捕まり死にそうになっていたフクロウ姿のリクは朔夜に助けられ暖かい懐に抱かれて眠ることに。そうして二人の距離は徐々に縮まっていくが、突然リクが誘拐されてしまい…。

リンクスロマンス大好評発売中

ひそやかに降る愛《ひそやかにふるあい》

名倉和希
イラスト：**嵩梨ナオト**
本体価格870円+税

瀧川組若頭・夏樹の側近を務める竹内泰史は、恋人がいると知りながら、夏樹に秘めた想いを寄せていた。そんな中、夏樹にそっくりな人物が存在するという噂が舞い込む。事件に巻き込まれる可能性を考慮し、彼の様子を見に行くことになった竹内だったが、そこで出会ったのは姿形は瓜二つながら夏樹とは正反対の繊細で儚げな空気を纏った聡太という青年だった。からまれていた聡太を助けたことがきっかけで、竹内はそれ以降も聡太を気に掛けるようになる。天涯孤独だという聡太の、健気さや朗らかさに触れるうち、今まで感じたことのない焦れた想いを抱えるようになる竹内だったが…。

氷原の月《ひょうげんのつき》 砂漠の星《さばくのほし》

十掛ありい
イラスト：**高座 朗**
本体価格870円+税

大国・レヴァイン王国は、若き新国王がクーデターから国を奪取し平穏を取り戻そうとしていた。王を支えるのは、繊細な美貌と聡明さを持つ天涯孤独の宰相・ルシアン。政権奪回の際、ルシアンは武勇で高名な『光の騎士団』を率いる騎士団長・ローグに協力を仰ぐが、力を貸す交換条件としてその身体を求められてしまう。王と国のため、ルシアンは彼に抱かれることを決意するが、契約である筈の行為の中でこの上ない快楽を感じてしまった。その上、自分への気遣いや労りを向けるローグの態度に触れるにつれ、いつしか身体だけでなく、心まで惹かれてゆく自分に気付き…。

リンクスロマンス大好評発売中

追憶の爪痕《ついおくのつめあと》

柚月 笙
イラスト：**幸村佳苗**
本体価格870円+税

内科医の早瀬充樹は、三年前姿を消した元恋人の露木孝弘が忘れられずにいた。そのため、同じ病院で働く外科医長の神埼から想いを告げられるも、その気持ちにはっきり応えることができなかった。そんな時、早瀬が働く病院に露木が患者として緊急搬送されてくる。血気盛んで誰もが憧れる優秀な外科医だった露木だが、運び込まれた彼に当時の面影はなく、さらに一緒に暮らしているという女性が付き添っていた…。予期せぬ邂逅に動揺する早瀬を、露木は「昔のことは忘れた」と冷たく突き放す。神埼の優しさに早瀬の心は揺れ動くが、どうしても露木への想いを断ち切れず──。

この本を読んでのご意見・ご感想をお寄せ下さい。

〒151-0051
東京都渋谷区千駄ヶ谷4-9-7
(株)幻冬舎コミックス　リンクス編集部
「英田《あいだ》サキ先生」係／「円陣闇丸《えんじんやみまる》先生」係

リンクス ロマンス

密約のディール

2015年5月31日　第1刷発行

著者……………英田《あいだ》サキ
発行人…………伊藤嘉彦
発行元…………株式会社　幻冬舎コミックス
〒151-0051　東京都渋谷区千駄ヶ谷4-9-7
TEL 03-5411-6431（編集）
発売元…………株式会社　幻冬舎
〒151-0051　東京都渋谷区千駄ヶ谷4-9-7
TEL 03-5411-6222（営業）
振替00120-8-767643
印刷・製本所…株式会社　光邦
検印廃止

ISBN978-4-344-83406-4 C0293
Printed in Japan

幻冬舎コミックスホームページ　http://www.gentosha-comics.net